A História Maravilhosa de Peter Schlemihl

Adelbert von Chamisso

A HISTÓRIA MARAVILHOSA DE PETER SCHLEMIHL

Tradução e notas de

Marcus Vinicius Mazzari

Posfácio de

Thomas Mann

2ª edição revista

Estação Liberdade

Título original: *Peter Schlemihls wundersame Geschichte*

Preparação	Tulio Kawata
Revisão	Sandra Regina de Souza
Composição	Wildiney Di Masi / Estação Liberdade
Capa	Edilberto F. Verza e Pedro Barros
Assistência editorial	Flávia Moino, Pedro Barros, Maísa Kawata
Editor	Angel Bojadsen

Dados Internacionais de Catalogação na Publicação (CIP)
(Câmara Brasileira do Livro, SP, Brasil)

Chamisso, Adelbert von, 1781-1838.
A história maravilhosa de Peter Schlemihl / Adelbert von Chamisso ; posfácio de Thomas Mann ; tradução e notas de Marcus Vinicius Mazzari. — São Paulo : Estação Liberdade, 2003.

Título original: Peter Schlemihls wundersame Geschichte.
ISBN 85-7448-064-9

1. Fábulas alemãs 2. Ficção alemã I. Mann, Thomas. II. Mazzari, Marcus Vinicius. III. Título.

02-4842 CDD-833

Índices para catálogo sistemático:

1. Fábulas : Literatura alemã 833
2. Literatura alemã : Fábulas 833

Editora Estação Liberdade Ltda.
Rua Dona Elisa, 116 • 01155-030 • São Paulo-SP
Tel.: (11) 3661 2881 Fax: (11) 3825 4239
e-mail: editora@estacaoliberdade.com.br
http://www.estacaoliberdade.com.br

Sumário

Nota preliminar do tradutor

Nas três cartas que antecedem a novela, Chamisso e seus amigos Hitzig e Fouqué desenvolvem um jogo que visa conferir autenticidade ao relato autobiográfico de Peter Schlemihl. O poema "Ao meu velho amigo Peter Schlemihl", do qual apresentamos uma tradução literal, foi escrito por Chamisso para a terceira edição da novela (publicada em 1835) e precede as demais introduções. Algumas referências à figura de Schlemihl, presentes tanto nas cartas como no poema, só se esclarecerão plenamente com a leitura da novela.

Carta de Adelbert von Chamisso a Julius Eduard Hitzig[1]

Você nunca se esquece de ninguém e assim se lembrará ainda de um certo Peter Schlemihl, a quem você viu algumas vezes em minha casa, em tempos remotos: um rapaz de pernas longas, que se acreditava fosse desastrado porque era canhoto e que passava por preguiçoso por causa de sua lentidão. Eu gostava dele... Você não pode ter esquecido, Eduard, como ele certa vez, em nossos verdes anos, escapou de nossos sonetos; eu o levara a um de nossos chás poéticos e ele me foi adormecer ainda enquanto escrevíamos, sem esperar a leitura. Lembro-me agora também de uma piada que você fez sobre ele. É que você já o tinha visto antes — só Deus sabe onde e quando — em sua velha kurtka[2] *negra, que por aquela época ele certamente já usava, e disse então: "Esse sujeito poderia se dar por feliz se sua alma tivesse*

1. Julius Eduard Hitzig (1780-1849), criminalista de origem judaica, Hitzig era amigo íntimo de Chamisso, que em 1819 desposou sua filha adotiva Antonie Piaste. (N.T.)

2. *Kurtka*: espécie de abrigo militar, de origem polonesa, forrado com peles e amarrado com cordões. (N.T.)

só a metade da imortalidade de sua kurtka.*"* — *Tão pouco ele significava para vocês... Eu gostava dele. Bem, é desse Schlemihl, o qual perdi de vista há longos anos, que provém o caderno que quero confiar-lhe. Confio-o a você apenas, Eduard, meu amigo mais próximo, mais íntimo — meu "eu" melhor, de quem não posso esconder nenhum segredo —, a você apenas e, como é natural, ao nosso Fouqué*[3]*, incrustado ao seu lado em minha alma. Mas quanto a ele, estou revelando o caderno somente ao amigo, não ao poeta. Vocês perceberão quão desagradável me haverá de ser se por acaso a confissão que um homem sincero depositou em meu peito, confiando em minha amizade e retidão, vier a ser colocada no pelourinho, sob a forma de uma obra literária; ou se tão-somente ela for tratada como produto de uma brincadeira de mau gosto, procedendo-se assim de maneira desrespeitosa com uma coisa que de forma alguma merece esse tratamento. Naturalmente eu próprio devo admitir que é uma lástima essa história — que sob a pena do bom moço se tornou um tanto ingênua — não ter sido apresentada por uma outra mão mais habilidosa em toda a sua força cômica. O que Jean Paul*[4] *não teria feito disso! — De resto, caro amigo, podem-se mencionar aqui vários outros que ainda vivem; também isto precisa ser levado em conta.*

---

3. Friedrich Baron de la Motte-Fouqué (1777-1843), narrador, dramaturgo e poeta lírico do Romantismo alemão. Suas obras mais conhecidas são o romance *O anel mágico*, glorificação mítica da Idade Média, e a narrativa fantástica *Undine*. (N.T.)

4. Jean Paul: pseudônimo do escritor Johann Paul Friedrich Richter (1763-1825), por quem Chamisso nutria uma forte admiração. (N.T.)

Uma última palavra a respeito da maneira com que essas folhas chegaram a mim. Elas me foram entregues ontem pela manhã, quando acordei; um homem esquisito — com uma longa barba grisalha, vestindo uma kurtka *negra completamente puída, sobre a qual tinha amarrado um estojo de botânico e que, naquele tempo úmido e chuvoso, usava chinelos por cima das botas — perguntou por mim e me deixou isto. Ele afirmou ter vindo de Berlim.*

Kunersdorf, 27 de setembro de 1813
Adelbert von Chamisso

P. S. Estou anexando o desenho que o talentoso Leopold[5]*, que naquele exato momento se encontrava em sua janela, fez daquela figura chamativa. Ele presenteou-me de bom grado com o esboço ao ver o interesse que eu mostrei por ele.*

5. A ilustração de capa para a primeira edição do *Peter Schlemihl* foi feita por Franz Joseph Leopold (1783-1832); trata-se de um retrato do próprio Chamisso, levemente camuflado. (N.T.)

Carta de Friedrich Baron de la Motte-Fouqué a Julius Eduard Hitzig

Nós devemos guardar a história do pobre Schlemihl, caro Eduard, guardá-la de tal forma que ela fique protegida de olhos que não devem ter acesso a ela. Esta é uma tarefa ingrata, pois há uma imensa quantidade de tais olhos; e que mortal pode determinar os destinos de um manuscrito, de uma coisa que é quase mais difícil de se cuidar do que de uma palavra empenhada? Então vou agir como uma pessoa tomada pela vertigem: em seu medo, ela prefere saltar logo no abismo. Vou mandar imprimir toda a história.

E contudo, Eduard, há motivos melhores e mais sérios para a minha atitude. Ou muito me engano, ou em nossa querida Alemanha palpitam muitos corações dignos e capazes de entender o pobre Schlemihl; e no rosto de mais de um autêntico compatriota se esboçará um sorriso comovido pela amarga peça que a vida lhe pregou e pelo humor cândido que ele teve consigo mesmo. E você, meu Eduard, quando contemplar esse livro profundamente humano e considerar que muitas pessoas desconhecidas, mas íntimas de nosso coração, estão aprendendo a amá-lo como nós, então sentirá talvez uma gota de bálsamo cair na ferida ardente que a morte abriu em você e em todos que o amam.[1]

E para terminar: existe — eu me convenci disso através das mais variadas experiências — existe para os livros impressos um gênio que os conduz às mãos certas e, se não sempre pelo menos com muita freqüência, os mantém distantes das erradas. E ademais, ele coloca uma cortina invisível na frente de toda genuína obra do espírito e do coração, sabendo cerrá-la e descerrá-la com uma habilidade infalível.

A esse gênio, meu querido Schlemihl, eu confio seu sorriso e suas lágrimas — e seja o que Deus quiser!

Nennhausen, em fins de maio de 1814
Fouqué

---

1. Alusão à morte da esposa de Hitzig, ocorrida pouco tempo antes. (N.T)

Carta de Julius Eduard Hitzig a Friedrich Baron de la Motte-Fouqué

Eis aí as conseqüências de sua decisão desesperada de mandar imprimir a história de Schlemihl, a qual deveríamos guardar como um segredo confiado apenas a nós; dessa forma, não somente franceses e ingleses, holandeses e espanhóis a traduziram, mas também americanos publicaram a tradução dos ingleses — tal como eu divulguei amplamente em minha Berlim culta.[1] *Além disso tudo, prepara-se agora para a nossa querida Alemanha uma nova edição, com as ilustrações da inglesa, esboçadas pelo famoso Cruikshank*[2] *em estilo realista; com isso, a coisa com certeza se difundirá ainda mais. E agora eu exigiria uma satisfação pública de sua parte se já não o considerasse suficientemente punido em seu procedimento arbitrário (pois em 1814 você não me disse uma palavra sequer a respeito da publicação do manuscrito) pelo fato de*

1. Trata-se da obra de Hitzig *Gelehrtes Berlin im Jahre 1825* [A Berlim culta no ano de 1825], que continha também notas biográficas sobre Chamisso. (N.T.)
2. George Cruikshank (1792-1878), caricaturista inglês que fez em 1823 oito ilustrações para a primeira edição inglesa do *Schlemihl.* (N.T.)

o nosso Chamisso, durante sua navegação pelo mundo nos anos de 1815 a 1818, ter certamente se queixado disso no Chile e em Kamtschatka[3]*, e sobretudo com o seu amigo, o saudoso Tameiameia de O-Wahu.*[4]

Entretanto — e deixando essas coisas de lado — o que está feito, está feito; e você também teve razão em alguns pontos, já que nesses treze fatídicos anos decorridos desde que o livrinho avistou a luz do mundo, muitos, muitos amigos passaram a amá-lo tal como nós. Jamais esquecerei o momento em que o li a Hoffmann[5] *pela primeira vez. Fora de si pelo prazer e suspense, ele não desviou o olhar de meus lábios até o fim da leitura. Mal pôde esperar o momento de ficar conhecendo pessoalmente o escritor e, no mais, tão avesso a qualquer imitação, não resistiu contudo à tentação de criar uma variante (bastante infeliz) da idéia da sombra perdida em sua narrativa* As aventuras da noite de São Silvestre[6] *através da imagem especular de Erasmus Spikher, que se extravia em um espelho. Sim, também*

3. Kamtschatka: península da Sibéria Oriental, visitada por Chamisso durante sua viagem científica ao redor do mundo. (N.T.)

4. Tameiameia é Kamehamenha I, rei do Havaí (O-Wahu, em idioma havaiano), morto em 1819. (N.T.)

5. Ernst Theodor Amadeus Hoffmann (1776-1822): figura exponencial do romantismo alemão. A 14 de novembro de 1818 fundou em Berlim o círculo literário dos Irmãos Serafião (pois pelo calendário católico era o dia de São Serafião). Além de Hoffmann, Chamisso, Hitzig e Fouqué, o círculo reunia ainda Carl Wilhelm Salice Contessa (1777-1825) e Johann Ferdinand Koreff (1783-1851). As inúmeras reuniões desse sexteto de literatos foram retratadas por Hoffmann nos quatro volumes de sua obra *Die Serapionsbrüder*, reunião de contos e narrativas emoldurados por conversas entre um grupo de amigos. (N.T.)

6. *Die Abenteuer der Silvester-Nacht*: novela escrita por Hoffmann em janeiro de 1815. (N.T.)

entre as crianças a nossa história maravilhosa soube abrir caminho. Pois certa vez, em um claro entardecer de inverno, subindo a rua Burg com o seu narrador, este pegou um menino que brincava sobre uma pista de patinação e que zombara dele, colocou-o debaixo de seu capote de pele de urso — que você conhece tão bem — e levou-o consigo; o menino ficou absolutamente quieto, mas ao ser posto de novo no chão e se encontrar a uma distância conveniente dos adultos, que continuaram a caminhar como se não houvesse acontecido nada, gritou para o seu raptor: "Você vai ver só, Peter Schlemihl!"

E assim penso que aquele tipo esquisito e sincero, agora também em uma roupagem nova e refinada, irá alegrar muitas pessoas que não o viram na kurtka *ordinária de 1814; e ademais, será surpreendente àqueles e a estes reconhecer no antigo e graduado oficial do rei da Prússia, no botânico e navegante que deu a volta ao mundo, e ainda no historiógrafo do célebre Peter Schlemihl, também um lírico que, cante ele em versos malásios ou lituanos, sempre demonstra conhecer onde se localiza o coração poético.*[7]

E por isso, caro Fouqué, esteja certo de nossa profunda gratidão pela organização da primeira edição e receba, com os nossos amigos, minhas felicitações por essa segunda.

Berlim, janeiro de 1827
Eduard Hitzig

7. A segunda edição alemã do *Peter Schlemihl*, publicada em 1827, trazia também poemas e baladas de Chamisso. (N.T.)

Ao meu velho amigo Peter Schlemihl

Cai-me de novo em mãos, depois de muitos anos,
O seu escrito e — maravilhosamente! —
Relembra-me a época em que éramos amigos,
Quando o mundo nos tomou como aprendizes.
Sou um velho homem de cabelos grisalhos,
E já ultrapasso o tempo dos falsos pudores;
Como antes, quero declarar-me seu amigo
E assim revelar-me ao mundo.

Meu pobre, pobre amigo: comigo o Tinhoso
Não agiu com a maldade que reservou para você;
Sonhei tanto, acalentei imensas esperanças.
Ao fim, porém, alcancei muito pouco.
Mas dificilmente aquele ser cinzento irá se vangloriar
De ter-me alguma vez mantido preso pela sombra.
Tenho a sombra que me é inata,
Não a perdi por um instante sequer.

Embora inocente como uma criança, atingiu-me
O escárnio que eles tiveram por sua nudez. —
Será que somos assim tão semelhantes?! —

Eles gritavam atrás de mim: Schlemihl, onde está sua sombra?
E quando a mostrava, faziam-se de cegos
E jamais se cansavam de rir.
O que fazer então? Suportar tudo isso com paciência
E deixar que a inocência nos traga a felicidade.

E o que é afinal a sombra? — gostaria agora de perguntar
Como já tantas vezes me foi perguntado.
Avaliá-la por um preço tão desmesurado
Como o implacável mundo não deixou de fazer?
Isto se impõe depois de dezenove mil dias que,
Acumulando sabedoria, atravessaram nossas vidas.
E nós, que conferimos outrora à sombra um ser,
Vemos agora o ser passar como sombra.

Vamos nos dar a mão acima de tudo, Schlemihl,
Caminhemos adiante e deixemos as coisas como estão:
Não vamos nos preocupar em demasia com o mundo,
Mas com tanto mais força estreitar nossos laços.
E se uns riram e outros insultaram
Já nos aproximamos de nossa meta;
Depois de todas as tempestades, queremos descansar
No porto, envoltos por um sono sereno.

Berlim, agosto de 1843
Adelbert von Chamisso

An meinen alten Freund Peter Schlemihl

Da fällt nun deine Schrift nach vielen Jahren
Mir wieder in die Hand, und — wundersam! —
Der Zeit gedenk ich, wo wir Freunde waren,
Als erst die Welt uns in die Schule nahm.
Ich bin ein alter Mann in grauen Haaren,
Ich überwinde schon die falsche Scham,
Ich will mich deinen Freund wie ehmals nennen
Und mich als solchen vor der Welt bekennen.

Mein armer, armer Freund, es hat der Schlaue
Mir nicht wie dir so übel mitgespielt;
Gestrebet hab' ich und gehofft ins Blaue,
Und gar am Ende wenig nur erzielt
Doch schwerlich wird berühmen sich der Graue,
Daß er mich jemals fest am Schatten hielt;
Den Schatten hab' ich, der mir angeboren,
Ich habe meinen Schatten nie verloren.

Mich traf, obgleich unschuldig wie das Kind,
Der Hohn, den sie für deine Blöße hatten. —
Ob wir einander denn so ähnlich sind?! —

Sie schrien mir nach: Schlemihl, wo ist dein Schatten?
Und zeigt ich den, so stellten sie sich blind
Und konnten gar zu lachen nicht ermatten.
Was hilft es denn! man trägt es in Geduld
Und ist noch froh, fühlt man sich ohne Schuld.

Und was ist denn der Schatten? möcht' ich fragen,
Wie man so oft mich selber schon gefragt,
So überschwenglich hoch es anzuschlagen,
Wie sich die arge Welt es nicht versagt?
Das gibt sich schon nach neunzehntausend Tagen,
Die, Weisheit bringend, über uns getagt;
Die wir dem Schatten Wesen *sonst verliehen,*
Sehn Wesen jetzt als Schatten *sich verziehen.*

Wir geben uns die Hand darauf, Schlemihl,
Wir schreiten zu und lassen es beim alten;
Wir kümmern uns um alle Welt nicht viel,
Es desto fester mit uns selbst zu halten;
Wir gleiten so schon näher unserm Ziel,
Ob jene lachten, ob die andern schalten,
Nach allen Stürmen wollen wir im Hafen
Doch ungestört gesunden Schlafes schlafen.

Berlin, August, 1834
Adelbert von Chamisso

A história maravilhosa de Peter Schlemihl

1

Depois de uma travessia feliz, mas para mim um tanto penosa, alcançamos finalmente o porto. Tão logo cheguei em terra com o bote, joguei às costas os meus poucos pertences e, abrindo caminho entre a multidão fervilhante, entrei em uma casa próxima — a mais acanhada de todas —, em cuja frente pendia um letreiro. Solicitei um quarto, o empregado mediu-me com o olhar, de cima a baixo, e conduziu-me ao sótão. Pedi que me trouxesse água e me fizesse uma descrição exata do lugar onde eu poderia encontrar o senhor Thomas John. — "Em frente do Portão Norte[1], a

1. Nordertor: trata-se do Portão ou Porta Norte de Hamburgo, cidade que Chamisso conheceu em 1807. Conforme ele se expressa em carta dirigida a Varnhagen, de 27 de maio de 1813, Hamburgo, como modelo de uma "verdadeira república", tocou-lhe o coração de forma especial. (N.T.)

primeira residência à direita, uma casa grande, nova, de mármore vermelho e branco, com muitas colunas." Ótimo. — Ainda era bastante cedo e assim desfiz a mala, peguei minha casaca escura recém-reformada, vesti-me cuidadosamente com minhas melhores roupas, coloquei a carta de recomendação no bolso e saí em busca do homem sobre quem depositava minhas modestas esperanças.

Logo depois de ter subido a comprida rua do Norte e alcançado o Portão, vi as colunas brilhando em meio à vegetação verde. — "Deve ser aqui", pensei. Tirei com o lenço o pó de meus sapatos, ajeitei a gravata e, invocando a ajuda de Deus, toquei a campainha. A porta escancarou-se. No corredor, precisei passar por um interrogatório; depois, o porteiro anunciou-me e eu tive a honra de ser chamado ao parque onde o senhor John passeava com um pequeno grupo de pessoas. Eu logo reconheci o homem pelo esplendor de sua robusta satisfação interior. Ele recebeu-me muito bem, como um rico costuma acolher a um pobre diabo, até mesmo virou-se para mim, sem contudo se afastar dos demais, e tomou de minhas mãos a carta que eu lhe estendia. — "Ora, ora, é do meu irmão. Há tempos não tenho notícias dele. Ele está bem, não? — É lá", continuou a falar com o grupo, sem esperar a resposta, e apontou com a carta na direção de uma colina, "é lá que eu vou mandar construir a nova residência."

Rompeu o lacre, mas não a conversa, que versava sobre riqueza, e investiu: "Perdoem-me a expressão, mas quem não é dono de pelo menos um milhão não passa de um patife." — "É a pura verdade", exclamei, tomado por um sentimento forte e transbordante. Isto certamente lhe agradou. Sorriu-me e disse: "Fique por aqui, caro amigo, mais tarde eu talvez terei tempo de lhe dizer o que penso a esse

respeito" — apontou para a carta, que em seguida guardou no bolso, e voltou-se novamente para o grupo. Ofereceu o braço a uma jovem dama, os outros cavalheiros ocuparam-se das outras beldades, cada um encontrou o que lhe convinha e encaminharam-se à colina cercada de roseiras floridas.

Fui deslizando atrás do grupo, sem molestar a ninguém, pois também nenhum ser ali se preocupava comigo. A comunidade estava de muito bom humor, todos gracejavam e contavam piadas; às vezes falava-se de coisas frívolas com gravidade, com mais freqüência de coisas graves com frivolidade; especialmente sobre os amigos ausentes e seus casos estava-se mais à vontade para fazer gracejos. Eu era por demais alheio ao grupo para poder compreender muita coisa do que diziam, estava demasiado preocupado e ensimesmado para decifrar os enigmas.

Tínhamos alcançado o roseiral. A bela Fanny, visivelmente a rainha do dia, quis teimosamente apanhar ela mesma um galho florido: feriu-se num espinho e sobre sua delicada mão escorreu um fio purpúreo, como que brotado das rosas rubras. O sucedido pôs todo o grupo em polvorosa. Começaram a procurar emplasto inglês. Um homem de meia-idade, calado, magro, ressequido e alto, que caminhava ao nosso lado e em quem eu ainda não havia reparado, enfiou imediatamente a mão no apertado bolso de sua casaca de tafetá cinza, talhada ao estilo antigo da Francônia, tirou uma pequena carteira, abriu-a e, inclinando-se respeitosamente, estendeu à dama aquilo que era pedido. Ela aceitou-o sem nenhuma consideração para com o homem e sem qualquer agradecimento. Feito o curativo, continuou-se a escalar a colina, de cujo topo se queria apreciar a visão panorâmica do labirinto verde do parque, que se estendia até o oceano incomensurável.

O quadro era realmente grandioso e esplêndido. No horizonte, entre as vagas escuras e o azulado do céu, surgiu um ponto luminoso. "Tragam-me uma luneta", gritou John, e antes que os criados se pusessem em movimento para atender ao pedido, o homem de cinza, inclinando-se modestamente, já tinha enfiado a mão no bolso da casaca e tirado uma bela "Dollond"[2], que passou às mãos do senhor John. Este, levando-a imediatamente aos olhos, informou ao grupo tratar-se do barco que partira no dia anterior, ainda retido à vista do porto por ventos desfavoráveis. A luneta foi passando de mão em mão e não mais voltou às de seu proprietário. Eu, porém, olhava admirado para o homem e não entendia como o instrumento enorme pôde ter saído do minúsculo bolso; mas isto parecia não chamar a atenção de ninguém e assim não se concedeu mais importância ao homem de cinza do que a mim mesmo.

Serviram-se refrescos; as frutas mais raras, de todas as partes, vieram em louça finíssima. O senhor John, com suave elegância, fez as honras da casa e, pela segunda vez, dirigiu-me a palavra: "Coma, por favor, o senhor não teve dessas coisas a bordo." Inclinei-me, mas ele não percebeu, pois já conversava com outra pessoa.

Não fosse a umidade do chão, todos teriam se estendido prazerosamente sobre o gramado que cobria o declive da colina, diante da paisagem aberta. Um membro do grupo observou que seria divino se tivessem tapetes turcos para estenderem ali. Este desejo nem bem havia sido pronunciado e o homem da casaca cinza já tinha a mão no bolso e empenhava-se em tirar daí, com gestos modestos e até mesmo humildes, um rico tapete turco, bordado a ouro.

---

2. John Dollond (1706-1761), inventor do telescópio acromático. (N.T.)

Os criados receberam o tapete como se fosse a coisa mais natural do mundo, e estenderam-no sobre o local desejado. Sem cerimônia alguma, o grupo foi se acomodando. Eu, mais uma vez, olhava aturdido para o homem, para o bolso, para o tapete, que media mais de vinte passos de comprimento e dez de largura, esfregava os olhos e não sabia o que pensar disso tudo, sobretudo porque nenhuma pessoa ali via algo de extraordinário no sucedido.

Queria uma explicação sobre o homem, perguntar quem ele era, mas não sabia a quem devia dirigir-me. Pois quase me atemorizavam mais os que serviam do que os que eram servidos. Por fim criei coragem e aproximei-me de um jovem de aspecto mais modesto, o qual estivera sozinho no mais das vezes. Pedi-lhe, em voz baixa, que me dissesse quem era aquele homem tão prestativo, em trajes cinzas. "Aquele parecido com um fio de linha que chega ao fim e escapa da agulha de um alfaiate?" — "Sim, o que está sozinho." — "Não o conheço", respondeu ele e, pelo jeito querendo evitar uma conversa mais prolongada, afastou-se e passou a falar de coisas genéricas com um outro.

O sol começou então a brilhar com mais força e tornou-se incômodo às damas; a bela Fanny voltou-se com certa indolência ao homem de cinza — o qual, tanto quanto sei, ainda não tinha sido abordado por ninguém — e perguntou-lhe levianamente se ele não teria talvez uma barraca. Ele respondeu-lhe com uma reverência tão profunda como se lhe tivessem concedido uma honra imerecida, e já tinha a mão no bolso do qual vi sair lonas, estacas, cordas, ferragens — tudo enfim que é próprio da mais luxuosa barraca de campanha. Os jovens ajudaram-no a armá-la e ela cobriu toda a extensão do tapete — e ainda assim ninguém viu nada de extraordinário naquilo tudo!

Eu, que há muito já me sentia assombrado, verdadeiramente aterrorizado, quanto não me assustei ao vê-lo, ao ser manifestado o próximo desejo, tirar de seu bolso três cavalos de montaria, afirmo-lhe, três belos e enormes cavalos com sela e arreio! — Imagine só, Deus do céu, três cavalos selados, do mesmo bolso de onde já haviam saído a carteira, uma luneta, um tapete bordado (vinte passos de comprimento e dez de largura), uma barraca de campanha do mesmo tamanho, com todas as estacas e ferragens necessárias! — Se eu mesmo não lhe assegurasse ter visto tudo isso com os meus próprios olhos, você certamente não haveria de acreditar.

Por mais constrangido e humilde que o homem se mostrasse, por menor que fosse a atenção que os outros lhe dedicavam, a mim sua figura pálida, da qual não conseguia despregar os olhos, tornou-se tão sinistra que não pude suportá-la por mais tempo.

Decidi safar-me da reunião, o que me pareceu bastante fácil, em vista do papel insignificante que eu nela desempenhava. Meu desejo era retornar à cidade, voltar na manhã seguinte e tentar a sorte junto ao senhor John e, se encontrasse coragem para tanto, fazer-lhe perguntas a respeito do estranho homem de cinza. Ah!, oxalá tivesse logrado escapar assim!

Tinha, de fato, me esgueirado por entre o roseiral, descido sem problemas a colina, e já me encontrava em um prado aberto quando, por medo de ser encontrado pisando sobre a grama, lancei um olhar atento ao meu redor. — Quanto não me assustei ao ver atrás de mim o homem da casaca cinza, vindo ao meu encontro! De imediato, ele tirou o chapéu e inclinou-se tão profundamente diante de mim como jamais homem algum fizera antes. Não havia dúvida, ele queria falar comigo e eu não poderia evitá-lo, a não ser que fosse grosseiro. Também tirei o chapéu, fiz uma reverência e fiquei como que plantado ao sol, com a cabeça descoberta. Tomado de pavor, olhava-o fixamente e sentia-me como um pássaro hipnotizado por uma serpente. Ele próprio parecia bastante encabulado: sem levantar os olhos, inclinou-se diversas vezes. Chegou então mais perto e falou-me em voz baixa e insegura, mais ou menos no tom de um mendigo: "Queira, senhor, perdoar minha indiscrição se ouso, sendo um desconhecido, procurá-lo dessa forma; é que tenho um pedido a lhe fazer. O senhor teria a bondade de conceder..." — "Mas pelo amor de Deus, meu senhor!", agitei-me apavorado, "o que posso eu fazer por um homem que..." — nós dois estacamos e, conforme me pareceu, ficamos vermelhos.

Depois de um momento de silêncio, ele retomou a palavra: "Durante o pouco tempo em que tive a felicidade de ficar ao seu lado, eu pude, meu senhor — permita-me dizê-lo —, pude contemplar algumas vezes, com uma admiração realmente indescritível, a belíssima sombra que o senhor, com um certo ar de nobre desprezo e de pouco-caso, projeta ao sol — esta magnífica sombra aí aos seus pés. Perdoe-me a pretensão realmente ousada: será que o senhor não estaria talvez inclinado a ceder-me sua sombra?"

Ele calou-se, e era como se um moinho girasse em minha cabeça.[3] O que deveria fazer diante dessa extravagante proposta de vender minha sombra? Ele deve ser louco, pensei, e

3. Provável referência de Chamisso ao *Fausto* de Goethe — atordoado com as explicações zombeteiras de Mefistófeles, o aluno que vem consultar Fausto diz: "é como se um moinho girasse em minha cabeça". (*Fausto,* 1ª parte, 2ª cena no "Quarto de estudo", verso 1.946.) (N.T.)

em um tom de voz alterado, que melhor convinha ao seu tom humilde, revidei-lhe: "Calma lá, meu caro amigo, será que a sua própria sombra não lhe basta? É isso que eu chamo de negócio muito esquisito." Ele voltou imediatamente à carga: "Tenho em meu bolso algumas coisas que talvez não lhe pareçam assim tão desprezíveis; por essa sombra incalculável eu considero demasiado baixo mesmo o mais alto preço."

À recordação do bolso, fiquei novamente gelado e não sabia como pude tê-lo chamado de "caro amigo". Tomando de novo a palavra, procurei, dentro do possível e com a máxima cortesia, reparar minha atitude inicial. — "Mas, meu senhor — perdoe ao mais humilde de seus criados. Certamente não estou entendendo bem sua intenção; como poderia eu..., minha sombra..." Ele interrompeu-me: "Eu só lhe peço que me dê permissão para, aqui mesmo neste lugar, pegar esta nobre sombra e enfiá-la no bolso; como o farei é problema meu. Em troca, como prova de meu reconhecimento para com o senhor, concedo-lhe escolher o que quiser dentre as preciosidades que trago em meu bolso: a autêntica raiz encantada, a mandrágora, os centavos mágicos, o táler ladrão, a toalha do escudeiro de Rolando, o duende engarrafado, pelo preço que quiser.[4] Mas tudo isso será pouco para o senhor: melhor seria o chapeuzinho

---

4. Em uma carta de 17 de março de 1821, dirigida ao seu irmão Hippolyte (que traduziu a novela para o francês), Chamisso faz os seguintes comentários: "A 'raiz encantada' (no original, *die Springwurzel*) abre todas as portas e faz saltar todas as fechaduras. O martim-pescador (*picus martius*) a conhece. Ele faz seu ninho em árvores ocas e assim, quando alça vôo, deve-se tapar a abertura. Como ele busca a raiz para abrir seu ninho, é preciso capturá-lo para consegui-la. Creio que a raiz 'Alraun' é a 'mandrágora'. As narrativas a esse respeito são muito diversificadas; é muito difícil consegui-la. A mandrágora confere uma habilidade especial para encontrar tesouros. Os 'centavos mágicos' são moedas de

de desejos de Fortunato — recém-reformado, e assim novo e resistente. Também uma bolsa da fortuna, exatamente como a dele."[5] — "A bolsa da fortuna de Fortunato!", exclamei, interrompendo-o; e embora sentisse muito medo, com aquela única palavra ele apoderou-se totalmente dos meus sentidos. Sobreveio-me uma vertigem e era como se ducados duplos brilhassem diante dos meus olhos.

"Tenha a bondade, meu senhor, de examinar e testar esta bolsa." Enfiou a mão no bolso da casaca e, puxando por dois fortes cordões de couro, tirou um saco de marroquim resistente, de tamanho médio, bem costurado, e entregou-o a mim. Enfiei a mão e tirei de lá dez moedas de ouro, e mais dez, e mais dez, e mais dez; estendi-lhe rapidamente a mão: "Feito! Negócio fechado! Em troca da bolsa, pode levar minha sombra." Ele apertou minha mão, ajoelhou-se resoluto à minha frente e eu vi como ele, com admirável

---

cobre que, ao serem viradas sobre a palma da mão, fazem surgir uma moeda de ouro. O 'táler ladrão' sempre volta às mãos do seu dono e traz consigo todas as moedas com que entrou em contato. A 'toalha do escudeiro' cobre-se com todos os pratos que se desejar. O 'duende engarrafado' é um demônio aprisionado em uma garrafa que concede e faz tudo o que se desejar. A gente compra-o com dinheiro, mas só se pode vendê-lo por um preço inferior ao que se pagou. Ele tem o direito de apoderar-se de seu último proprietário, o qual não consegue mais livrar-se dele pelo fato de o preço ter-se tornado irrisório." (N.T.)

5. Fortunato é um antigo personagem popular, tornado especialmente conhecido na Alemanha pelo romance de cavalaria *Der Zauberring* [O anel mágico], publicado em 1813 pelo barão de la Motte-Fouqué (1777-1843), amigo de Chamisso. Fortunato possuía um chapéu com o qual era possível conseguir tudo o que se desejasse, e uma bolsa que era uma fonte inesgotável de dinheiro. O próprio Chamisso escreveu em 1806 uma peça — não concluída — intitulada *Fortunati Glücksäckel und Wunschhütlein* [A bolsa da fortuna e o chapeuzinho de desejos de Fortunato]. Baseou-se em um livro folclórico alemão de 1509, que tem o mesmo título. (N.T.)

habilidade, foi desprendendo suavemente minha sombra da relva, começando pela cabeça e indo até os pés; e, por fim, depois de enrolá-la e dobrá-la toda, guardou-a em seu bolso. Então se levantou, inclinou-se mais uma vez diante de mim e retirou-se indo em direção das roseiras. A mim pareceu tê-lo ouvido rir baixinho, de si para si. Eu, todavia, segurava firmemente a bolsa pelos seus cordões; ao meu redor a terra estava toda ensolarada e eu ainda não tinha noção de nada.

2

Voltei por fim ao meu estado normal e apressei-me a abandonar aquele lugar onde seguramente nada mais tinha a fazer. Primeiro enchi os bolsos com moedas de ouro e depois amarrei os cordões da bolsa em volta do pescoço, escondendo-a assim em meu peito. Saí do parque sem ser notado, alcancei a estrada e peguei meu caminho rumo à cidade. Quando, absorto em meus pensamentos, dirigia-me ao Portão, ouvi gritarem atrás de mim: "Jovem! Eh, meu jovem! Ouça aqui!" Olhei ao redor e era uma velha que me chamava: "Tome cuidado, o senhor perdeu sua sombra." — "Obrigado, mãezinha." Joguei-lhe uma moeda de ouro pelo conselho bem-intencionado e fui para baixo das árvores.

No Portão, tive de ouvir o mesmo da sentinela: "Onde o senhor deixou sua sombra?" E, logo em seguida, de mais algumas mulheres: "Jesus! Maria! O pobre homem não tem sombra." Isto tudo começou a aborrecer-me e assim tomei bastante cuidado para não mais sair ao sol. Mas nem sempre isso foi possível. Não foi possível, por exemplo, na rua Larga[1], a primeira que precisei atravessar e, para minha desgraça, justamente na hora em que os meninos voltavam da escola. Um maldito diabinho corcunda — eu ainda o vejo — percebeu logo que me faltava uma sombra e delatou-me aos berros a toda a molecada escolar do bairro; imediatamente começaram a praguejar contra mim e a jogar-me lama: "Pessoas decentes costumam levar a sombra junto, quando saem ao sol." Para defender-me deles, lancei-lhes punhados de moedas de ouro e saltei para dentro de um carro de aluguel, ajudado por algumas almas piedosas.

Tão logo me vi sozinho no coche em movimento, comecei a chorar amargamente. Já era um pressentimento que se levantava dentro de mim: da mesma forma como neste mundo o ouro pesa mais do que os méritos e a virtude, à sombra concede-se um valor superior ao do próprio ouro. E assim como outrora eu sacrificara riquezas por uma consciência limpa, havia agora entregado a sombra em troca de reles ouro. O que iria ser de mim na Terra?

Estava ainda bastante transtornado quando o carro parou diante de minha velha hospedaria; arrepiei-me com a simples idéia de ter ainda de pisar naquele sótão ordinário. Pedi que trouxessem minhas coisas para baixo, recebi o acanhado embrulho com desprezo e ordenei ao cocheiro que me levasse ao hotel mais distinto. O prédio dava para o lado norte, e assim não precisava temer o sol. Despedi o cocheiro com moedas de ouro, pedi que me dessem os melhores quartos de frente e tranquei-me neles assim que pude.

---

1. *Breitstraße*: rua Larga, em Hamburgo-Altona. (N.T.)

O que você pensa que fiz então? — Oh!, meu caro Chamisso, confessá-lo, mesmo a você, faz-me enrubescer. Tirei a infeliz bolsa de meu peito e com uma espécie de cólera que, tal como um incêndio voraz e crepitante, crescia dentro de mim, fui tirando ouro, e ouro, e ouro, e cada vez mais ouro; espalhava-o por sobre o chão, fazia-o tilintar sob meus tacões e ia jogando cada vez mais metal sobre o metal, saciando meu pobre coração naquele brilho e naquele som. Por fim, deixei-me cair extenuado sobre o rico leito, deleitando-me em revolver o ouro e rolar-me sobre ele. Assim transcorreu o dia claro e a noitinha; não voltei a abrir a porta de meu quarto, a noite encontrou-me estendido sobre o ouro e assim envolveu-me o sono.

Então sonhei com você; era como se eu estivesse atrás da porta envidraçada de seu pequeno quarto e o visse sentado à sua mesa de trabalho, entre um esqueleto e um feixe de plantas secas; à sua frente estavam abertos volumes de Haller, Humboldt e Linné [2], sobre o sofá havia um volume de Goethe e o romance *O anel mágico*.[3] Pousei meus olhos sobre você, contemplando-o longamente, e a cada coisa em seu quarto e depois a você novamente. Mas você não se mexia, não respirava — estava morto.

2. Albrecht von Haller (1708-1777), médico, botânico e escritor suíço. Chamisso alude aqui às suas obras *Biblioteca botânica* e *Biblioteca anatômica*.

   Alexander von Humboldt (1769-1859), importante naturalista e geógrafo alemão, viajou por todo o mundo e deixou extensa obra.

   Karl von Linné (1707-1778), médico botânico e naturalista sueco; criou a nomenclatura científica utilizada na moderna botânica para a classificação das plantas. Escreveu *Systema naturae* e *Genera plantarum*. (N.T.)

3. *Der Zauberring*, romance de Friedrich Baron de la Motte-Fouqué publicado pouco antes de Chamisso escrever sua novela. (N.T.)

Despertei. Ainda parecia ser bastante cedo. Meu relógio estava parado. Sentia-me moído por dentro, ainda por cima faminto e com sede. Desde a manhã do dia anterior não tinha comido nada. Com desgosto e enfado afastei de mim o ouro com o qual, pouco antes, saciara meu louco coração; assim agastado, já não sabia o que fazer com tudo aquilo. O ouro não poderia ficar espalhado daquela maneira — tentei fazer com que a bolsa o engolisse de volta. Não dava. Nenhuma de minhas janelas se abria para o mar. Tive de resignar-me a transportá-lo, penosamente e com muito suor, a um grande armário que ficava em um gabinete e guardá-lo lá. Deixei apenas alguns punhados de fora. Depois de ter feito o trabalho, sentei-me esgotado em uma poltrona e fiquei esperando que as pessoas da casa começassem a se movimentar. Tão logo foi possível, mandei vir comida e pedi ao hoteleiro que viesse ter comigo.

Discuti com esse homem a instalação futura de minha casa. Para o meu serviço pessoal, recomendou-me um certo Bendel[4], cuja fisionomia sincera e compreensiva cativou-me de imediato. Foi esse o homem cuja lealdade, desde então um consolo para mim, acompanhou-me através das misérias da vida e ajudou-me a suportar o destino sombrio. Passei o dia inteiro em meus aposentos, com criados desempregados, sapateiros, alfaiates e negociantes; estava instalando-me e comprei particularmente muitas coisas caras e pedras preciosas apenas para livrar-me um pouco da imensa quantidade de ouro acumulada. Mas não me pareceu de forma alguma que aquela montanha pudesse diminuir.

4. Bendel era o nome do ajudante de Chamisso durante seu período como oficial do exército prussiano. (N.T.)

Enquanto isso, cismava em minha situação mergulhando nas mais angustiantes dúvidas. Não ousava dar um passo para fora de minha porta e à noite mandava acender quarenta velas na sala. Lembrava-me com arrepios da cena terrível com os meninos da escola. Decidi então, por mais coragem que isso exigisse, testar mais uma vez a opinião pública. Por aquela época, as noites estavam enluaradas. Numa hora já avançada, envolvi-me em um capote, enterrei um chapéu até a altura dos olhos e esgueirei-me para fora da casa, tremendo como um criminoso. Em uma praça distante saí da sombra das casas, sob cuja proteção tinha avançado até ali, e expus-me ao luar, preparado para ouvir meu destino da boca dos transeuntes.

Poupe-me, caro amigo, a dolorosa repetição de tudo aquilo que tive de suportar. As mulheres expressavam quase sempre a profunda compaixão que eu lhes inspirava; manifestações que me machucavam a alma não menos do que o escárnio dos jovens ou o desprezo altivo dos homens, sobretudo dos gordos e corpulentos, que projetavam uma imensa sombra. Uma linda e nobre moça, a qual parecia acompanhar os pais que olhavam compenetrados apenas para os próprios pés, voltou por acaso seus olhos brilhantes em minha direção. Ela assustou-se visivelmente, pois notara a ausência de minha sombra; escondeu seu lindo rosto em um véu, abaixou a cabeça e passou silenciosamente por mim.

Não pude suportar mais. Lágrimas amargas brotaram de meus olhos e, com o coração dilacerado, retirei-me cambaleando ao escuro. Precisei apoiar-me nas paredes das casas para dar firmeza aos meus passos e assim cheguei em casa, devagar e já tarde da noite.

Passei a noite em claro. Na manhã seguinte, minha primeira preocupação foi mandar procurar o homem da casaca cinza por toda parte. Talvez lograsse êxito nessa busca — e que felicidade não seria se ele estivesse tão arrependido quanto eu daquele negócio maluco! Chamei Bendel à minha presença, ele parecia possuir habilidade e desenvoltura; fiz-lhe uma descrição minuciosa do homem em cujo poder se encontrava um tesouro sem o qual a vida me seria um suplício. Disse-lhe a hora e o lugar em que o tinha visto, descrevi-lhe todos os que estavam presentes e acrescentei ainda esta indicação: ele deveria informar-se minuciosamente a respeito de uma luneta Dollond, um tapete turco bordado a ouro, uma barraca de luxo e, finalmente, uns cavalos negros — coisas cuja história, sem explicar de que forma, estava entrelaçada com a do homem enigmático, o qual parecera insignificante a todos, mas que destruíra com sua simples aparição a tranqüilidade e a felicidade de minha vida.

Terminando de falar, fui buscar ouro — o máximo que consegui carregar — e juntei ainda pedras preciosas e jóias de elevado valor. "Bendel", falei-lhe então, "isto aplaina muitos caminhos e viabiliza muitas coisas que parecem impossíveis; não seja parco com isso, assim como eu não sou — vá e alegre o seu senhor com as notícias sobre as quais repousa a sua única esperança."

Ele se foi. Voltou tarde e triste. Ninguém da casa do senhor John, nenhum de seus convidados — e ele falou com todos — conseguia lembrar-se, nem sequer vagamente, do homem da casaca cinza. O telescópio novo estava lá e ninguém sabia de onde ele tinha vindo; o tapete ainda estava estendido, a barraca armada na mesma colina; os criados enalteciam a riqueza do patrão, mas ninguém sabia de onde essas preciosidades haviam chegado a ele. O próprio senhor John estava muito satisfeito e pouco lhe importava não saber de onde recebera tudo aquilo. Os cavalos estavam nos estábulos dos jovens cavalheiros que os tinham cavalgado, e estes louvavam a generosidade do senhor John, que naquele mesmo dia os presenteara com os animais. Foi tudo o que se esclareceu pela narrativa de Bendel, cuja presteza dinâmica e desempenho sensato mereceram meus elogios, apesar dos resultados infrutíferos. Acabrunhado, fiz-lhe sinal para que me deixasse só.

Bendel prosseguiu: “Fiz ao meu senhor um relato sobre o assunto que lhe é o mais importante de todos. Falta-me ainda executar uma tarefa que me foi passada por uma pessoa que eu encontrei hoje cedo, quando ia saindo para tratar do negócio em que fui tão infeliz. Foram estas as palavras do homem: ‘Diga ao senhor Peter Schlemihl que ele não me verá mais por aqui, já que estou partindo por mar e um vento propício me chama para o porto. Mas de hoje a um ano terei a honra de procurá-lo novamente e propor-lhe um outro negócio, o qual talvez lhe seja aceitável. Apresente-lhe meus cumprimentos respeitosos e que ele esteja certo da minha gratidão.’ Perguntei-lhe quem era ele, mas ele disse que o senhor já o conhecia.”

“Como era esse homem?”, exclamei com um pressentimento. E Bendel descreveu-me o homem da casaca cinza, traço por traço, repetindo fielmente, palavra por palavra, o mesmo que dissera em sua narrativa anterior sobre o homem que procurava.

“Infeliz!”, gritei, retorcendo as mãos, “pois era ele mesmo!”, e foi como se uma venda caísse de seus olhos. — “Sim, era ele, era realmente ele!”, exclamou assustado, “e eu, hipnotizado e estupidificado, não o reconheci — não o reconheci e traí o meu senhor.”

Chorando copiosamente, rompeu nas mais duras recriminações contra si próprio e o desespero em que se encontrava inspirou-me compaixão. Consolei-o, assegurei-lhe repetidas vezes não colocar sua lealdade em dúvida e mandei-o em seguida para o porto, a ver se lograva seguir os vestígios daquele estranho homem. Mas naquela mesma manhã muitos navios, retidos até então no porto por ventos contrários, haviam partido para as mais diferentes partes do mundo, para todas as costas, e o homem cinzento desaparecera sem deixar vestígios, como uma sombra.

3

De que valeriam asas a alguém preso por correntes de ferro? Ainda mais medonho seria o seu desespero. Estava, como Faffner junto ao seu tesouro[1], distante de todo apoio humano, definhando com o ouro pelo qual não tinha amor nenhum, mas que amaldiçoava, pois por sua causa me via apartado da vida. Alimentando na solidão meu lúgubre segredo, sentia medo até mesmo do mais desprezível de meus criados, ao mesmo tempo em que o invejava, pois ele tinha uma sombra e podia mostrar-se ao sol. Passava, solitário, dias e noites em meus aposentos, tornando-me cada vez mais triste, e a dor ia corroendo meu coração.

1. Faffner: trata-se do dragão que nas sagas germânicas guarda o tesouro dos Nibelungos. (N.T.)

Ainda uma outra pessoa se consumia sob meus olhos: meu fiel Bendel não parava de se martirizar com censuras silenciosas, porque havia frustrado a confiança de seu bondoso patrão e não reconhecera aquele em cujo encalço tinha sido mandado e que, como ele pensava, estava intimamente ligado ao meu triste destino. Mas eu não podia culpá-lo; reconhecia no fato a natureza fantástica do desconhecido.

Para não deixar de tentar nada, certo dia enviei Bendel com um precioso anel de brilhante ao mais famoso pintor da cidade, para convidá-lo a fazer-me uma visita. Ele veio, afastei meus criados, tranquei a porta, acheguei-me ao homem e, depois de ter enaltecido sua arte, entrei no assunto com o coração oprimido; antes, porém, pedi-lhe que jurasse segredo absoluto.

"Senhor professor", continuei, "o senhor poderia pintar uma sombra postiça a um homem que, da maneira mais infeliz do mundo, foi privado de sua verdadeira?" — "O senhor está se referindo à sombra comum?" — "É a esta que me refiro." — "Mas", continuou a interrogar-me, "em virtude de qual imprudência, ou de qual negligência, pôde ele perder sua sombra?" — "Como isso se deu", retruquei-lhe, "não vem agora ao caso, mas vamos lá" — e menti-lhe descaradamente: "Certa vez, durante um frio fora do comum na Rússia — para onde esse homem viajou no inverno passado — sua sombra congelou-se de tal forma ao chão que ele não conseguiu mais soltá-la."

"A sombra postiça que eu poderia pintar-lhe", revidou o professor, "seria de tal natureza que ele a perderia de novo ao menor movimento — sobretudo em se tratando de alguém que tinha tão pouco apego à sua sombra de nascença, como se pode deduzir de sua narração. Quem não tem sombra, que não saia ao sol — essa é a coisa mais sensata e segura." Levantou-se e foi embora, ao mesmo tempo que me lançava um olhar penetrante, que não pude suportar. Caí em minha poltrona e escondi o rosto entre as mãos.

Ainda nesse estado, encontrou-me Bendel ao entrar. Ele viu a dor do seu patrão e quis se retirar silenciosa e respeitosamente. — Levantei os olhos; sucumbia ao peso de minha aflição e precisava revelar-lhe. — "Bendel", chamei-o, "Bendel!, única pessoa que vê e respeita meus sofrimentos, sem querer investigá-los, mas sim parecendo também sofrê-los de maneira silenciosa e piedosa, venha a mim, Bendel, e seja o mais íntimo de meu coração. Não lhe ocultei os tesouros que tenho em dinheiro, não quero ocultar-lhe os tesouros de minha dor. — Bendel, não me abandone. Bendel, você me vê rico, generoso, bondoso, você pensa que o mundo deveria glorificar-me e me vê fugindo do mundo, escondendo-me dele. Bendel, ele me julgou — o mundo — e me excluiu, e talvez você também venha a se afastar de mim quando souber de meu terrível segredo: Bendel, eu sou rico, generoso, bondoso, mas — oh! Deus — eu não tenho sombra."

"Não tem sombra?", exclamou, aterrorizado, o bom rapaz, e lágrimas límpidas rolaram-lhe dos olhos. — "Ai de mim, que nasci para servir a um senhor sem sombra!" Ele calou-se e eu tinha o rosto entre as mãos.

"Bendel", acrescentei depois, trêmulo, "agora você tem a minha confissão, agora você pode trair-me. Vá e deponha contra mim." Ele parecia estar em difícil luta consigo mesmo; por fim caiu de joelhos à minha frente, agarrou minhas mãos e umedeceu-as com suas lágrimas. "Não", disse ele, "não importa o que o mundo pense, eu não posso e não vou abandonar meu bom senhor por causa de uma sombra, vou agir antes com justiça que com prudência, vou permanecer ao seu lado, emprestar-lhe minha sombra, ajudá-lo quando puder e chorar junto com o senhor, quando não puder ajudar." Abracei-o admirado dessa consciência tão incomum, pois estava convencido de que ele não fazia aquilo por dinheiro.

Desde então, mudaram-se algumas coisas em meu destino e em meu modo de vida. É indescritível o cuidado com que Bendel soube dissimular minha deformidade. Por toda parte ele ia à minha frente e ao meu lado, antevendo tudo, tomando providências e, quando ameaçava algum perigo imprevisto, cobrindo-me rapidamente com sua sombra, pois ele era maior e mais forte do que eu. Assim, ousei sair novamente para o meio dos homens e comecei a desempenhar um papel no mundo. É verdade que tive de aceitar, para as aparências, muitas particularidades e caprichos. Mas tais coisas ficam bem no rico e, enquanto a verdade permaneceu oculta, desfrutei das honras e considerações que me eram devidas pelo meu dinheiro. Via com mais tranqüilidade a visita, prometida para dali a um ano, do enigmático desconhecido.

Sentia muito bem que não podia demorar-me em um lugar onde já me tivessem visto sem sombra, onde poderia ser facilmente denunciado; talvez pensasse ainda apenas na maneira como havia me mostrado na casa do senhor John, e isto era-me uma lembrança opressiva; por isso quis fazer lá um ensaio para poder apresentar-me nos outros lugares com mais confiança e desembaraço. — Mas aconteceu uma coisa que me prendeu por um certo período à minha vaidade: esta é a parte do homem em que a âncora encontra o terreno mais firme.

Justamente a bela Fanny, que voltei a encontrar, concedeu-me alguma atenção, sem contudo se lembrar de que já me tinha visto antes, pois agora eu tinha espírito e inteligência. — Quando falava, todos prestavam atenção e eu mesmo não sabia como tinha chegado àquela arte de conduzir e dominar a conversação com tanta leveza. A impressão que causei na beldade fez de mim exatamente aquilo que ela desejava: um tolo; e, a partir de então, segui-a com mil cuidados através de sombras e penumbras, sempre que me era possível. A minha vaidade era torná-la vaidosa de minha companhia, e mesmo com a maior boa vontade não conseguia empurrar essa embriaguez da cabeça para o coração.

Mas para que repetir-lhe em detalhes essa história inteiramente vulgar? — Você mesmo já me contou vários casos semelhantes, que se passaram com pessoas respeitáveis. É verdade, porém, que a esse velho e conhecido jogo, no qual assumi um papel desgastado, veio juntar-se uma catástrofe extremamente fantástica, inesperada para mim, para ela e para todos.

Em uma bela noite, havia reunido, como era meu costume, um grupo de pessoas em um jardim e passeava de braço dado com minha dona a alguma distância dos demais convidados, esforçando-me em tornear e dizer-lhe frases de efeito. Com um ar de recato, ela mirava o chão e respondia suavemente à pressão de minha mão. Atrás de nós, então, a lua surgiu por entre as nuvens... e ela viu apenas a *sua* sombra estender-se à nossa frente. Ela se contraiu toda e fitou-me aterrorizada, olhou depois novamente para o chão, procurando minha sombra — e o que se passou em seu íntimo transpareceu de forma tão esquisita em sua fisionomia que eu teria explodido em uma sonora gargalhada, se não tivesse sentido algo gelado correr-me pela espinha.

Deixei-a cair desmaiada de meus braços, passei como uma flecha pelos convidados horrorizados, cheguei à porta, joguei-me dentro do primeiro carro que encontrei parado e fui para a cidade, onde — desta vez para minha desgraça — havia deixado meu cuidadoso Bendel. Ele assustou-se ao me ver; uma única palavra revelou-lhe tudo. De imediato, foram buscar cavalos de posta. Levei comigo apenas um de meus criados, um malandro calejado de nome Rascal[2], que pela sua desenvoltura soubera fazer-se necessário e que não poderia ter nenhuma suspeita a respeito dos acontecimentos daquele dia. Naquela mesma noite, percorri ainda trinta milhas. Bendel ficou para trás, para desfazer a casa, distribuir dinheiro e trazer-me as coisas mais necessárias. Quando ele me alcançou, no dia seguinte, joguei-me em seus braços e jurei-lhe nunca mais cometer outra loucura e ser mais prudente dali para a frente. Prosseguimos nossa viagem sem interrupção, atravessando a fronteira e as montanhas; somente na outra vertente, separada daquela terra infeliz por uma alta muralha, consenti em descansar de todas as fadigas por que passara em um balneário próximo e pouco freqüentado.

2. *Rascal*: palavra inglesa que significa canalha, velhaco. (N.T.)

4

Em minha narração terei de passar rapidamente por um período sobre o qual me deteria com muito gosto se apenas pudesse evocar na memória o espírito que lhe dava vida. Mas as cores que o animavam — e que ainda podem reanimá-lo — extinguiram-se em mim e, quando tento reencontrar em meu peito aquilo que na época se levantou tão poderosamente — as dores e a felicidade, a ilusão irrealizável —, é como se golpeasse debalde uma rocha da qual não brota mais nenhuma fonte de água — e o meu deus afastou-se de mim. Quão modificado esse tempo passado me contempla hoje! Deveria representar lá no balneário um papel heróico: como o havia estudado muito mal e, ademais, sendo um novato no palco, escorreguei para fora da peça e apaixonei-me por um par de olhos azuis. Os pais, iludidos pela encenação, fizeram tudo para concluir o negócio o mais rápido possível, e a farsa vulgar terminou em escárnio. E isto é tudo, tudo... A coisa parece-me hoje tola e insípida e é terrível que assim se me afigure o que outrora, rico e grandioso, insuflava-me o peito. Mina, da mesma forma como chorei ao perder você, choro agora ao ver que a perdi também dentro de mim. Será que envelheci tanto assim? — Ó triste sensatez! Apenas um pulsar daqueles tempos, um único momento daquele desvario... mas não! Solitário nas águas vastas e desertas de sua amarga maré e já há muito tempo derramado da última taça de champanha "Elfe".[1]

Tinha enviado Bendel à frente, com alguns sacos de ouro, para que montasse na cidadezinha uma casa adaptada às minhas necessidades. Ele havia distribuído muito dinheiro por lá e se exprimira de maneira vaga sobre o eminente estranho a quem servia, pois eu não queria que meu nome fosse mencionado. Isto levou aquelas boas pessoas a pensar coisas esquisitas. Tão logo a casa ficou pronta para receber-me, Bendel veio buscar-me. Pusemo-nos então em marcha.

Em um chapadão ensolarado, distante cerca de uma hora do balneário, o caminho nos foi bloqueado por uma multidão em trajes de festa. O carro parou. Ouviam-se músicas, repiques de sino, salvas de canhão, uma sonora ovação cruzou os ares. Diante da portinhola do carro surgiu um coro de donzelas vestidas de branco, todas de excepcional beleza, mas que, como as estrelas da noite perante o sol, desapareceram quando uma delas se destacou em meio às companheiras. A figura alta e delicada ajoelhou-se diante de mim, enrubescendo de pudor, e ofereceu-me, sobre uma almofada de seda, uma coroa tecida de louros, ramos de

1. Elfe (em alemão, feminino de elfo): marca de champanha muito famosa na época em que Chamisso escreveu a novela. (N.T.)

oliveira e rosas, ao mesmo tempo que falava alguma coisa de majestade, veneração e amor — palavras que eu não compreendia, mas cuja sonoridade mágica inebriou os meus ouvidos e o meu coração. Era como se aquela aparição celestial já tivesse passado alguma vez por mim. O coro começou então a cantar hinos de louvor a um bom rei e à felicidade de seu povo.

E essa cena, caro amigo, em pleno sol! Ela continuava ajoelhada a dois passos de mim e eu, sem sombra, não pude transpor tal abismo, não pude jogar-me de joelhos diante do anjo. Oh!, o que não teria dado então por uma sombra! Fui obrigado a esconder minha vergonha, meu medo e meu desespero no fundo do carro. Por fim, Bendel pensou por mim e saltou pelo outro lado do carro; ainda tive tempo de chamá-lo e de entregar-lhe uma preciosa coroa de diamantes que tirara da caixinha que tinha em mãos e que deveria adornar a bela Fanny. Ele adiantou-se e falou em nome de seu senhor, o qual não podia nem queria aceitar tais honrarias. Devia haver algum equívoco nisso tudo, continuou Bendel; de qualquer forma, que a boa gente da cidade aceitasse nossos agradecimentos pela boa vontade demonstrada. Nisso, tomou a coroa que me ofereciam e em seu lugar colocou a jóia de diamante. Em seguida, estendeu respeitosamente a mão à linda donzela, para que se levantasse, e afastou com um gesto o clero, os magistrados e todas as comissões. Não permitiu que ninguém mais se aproximasse. Pediu então à multidão que abrisse caminho para os cavalos, saltou de novo para dentro do carro e prosseguimos assim a todo galope, passando por baixo de um arco feito de folhagens e flores, e rumamos em direção da cidadezinha. — Os canhões não paravam de troar. O carro parou diante de casa e corri ligeiro para a porta, abrindo caminho entre a multidão que se juntara ali movida pela curiosidade de me ver. O povo dava vivas sob minha janela e eu fiz chover ducados sobre ele. Quando chegou a noite, toda a cidadezinha foi espontaneamente iluminada.

E eu continuava sem saber o que significava tudo aquilo e por quem era tomado. Encarreguei Rascal de fazer averiguações. Contaram-lhe que haviam tido informações seguras de que o bom rei da Prússia viajava pelo país sob o nome de um conde[2]; disseram ainda que meu ajudante tinha sido reconhecido e como ele se traíra — e não só a si próprio, como também a mim; por fim, falaram da grande alegria que foi quando tiveram certeza de que eu me encontrava no local. Naturalmente reconheciam agora, uma vez que ficara evidente que eu queria observar o mais rigoroso anonimato, que tinham se portado mal em levantar o véu de maneira tão indiscreta. Mas já que, mesmo zangado, eu me mostrara tão magnânimo e piedoso, iria certamente perdoar a boa intenção deles, que partiu do coração.

Mas a coisa pareceu tão divertida ao malandro do Rascal, que ele fez o possível, valendo-se de um discurso severo, para reforçar a crença daquela boa gente. Apresentou-me um relato bastante cômico e, vendo-me contente, caprichou ao falar da maldade que cometera. — Devo confessar? Ainda que em tais circunstâncias, o fato de ter sido confundido com aquele ser venerado não deixou de lisonjear-me.

Para a noite seguinte, mandei organizar uma festa sob as árvores que sombreavam a frente de minha casa e convidar

2. Alusão a Frederico Guilherme III (1770-1840), que reinou de 1797 até a sua morte. Durante as guerras de libertação contra a ocupação napoleônica estilizou-se como o "bondoso pai da nação". (N.T.)

toda a cidade. Graças à misteriosa força de minha bolsa, aos esforços de Bendel e ao ágil espírito inventivo de Rascal, foi possível vencer o próprio tempo. Tudo se arrumou em poucas horas, de maneira admiravelmente rica e bela. Era de se ver o esplendor e a abundância exibidos; também a engenhosa iluminação, disposta de forma tão sábia que eu me sentia inteiramente seguro. Não precisei pensar em nada, só me restou elogiar meus criados.

O dia começou a escurecer; os convidados chegaram e me foram apresentados. Não se falou mais de majestade, mas com profunda reverência dizia-se: o senhor conde. O que podia fazer? Aceitei o título de conde e a partir de então fiquei sendo o conde Peter. Em pleno tumulto da festa, a minha alma só ansiava por uma pessoa. Mais tarde ela apareceu: ela, que era a rainha e trazia a coroa. Seguia com recato a seus pais e parecia não saber que era a mais bela. Apresentaram-me o senhor chefe florestal, a esposa e a filha. Soube dizer aos velhos muitas coisas agradáveis e elegantes, mas na frente da filha estaquei como um menino repreendido e não consegui balbuciar nenhuma palavra. Por fim pedi-lhe, gaguejando, que dignificasse aquela festa e assumisse a posição cujo símbolo a enfeitava. Envergonhada, pediu-me com o olhar que a poupasse. Mas eu, ainda mais envergonhado, fui o primeiro súdito a apresentar-lhe minha adoração, com profunda reverência; e o gesto do conde significou uma ordem a todos os convidados, que se apressaram a imitá-lo. Majestade, inocência e graça, aliadas à beleza, reinaram sobre a alegre festa. Os felizes pais de Mina acreditavam que a filha era enaltecida apenas em consideração a eles; eu mesmo, porém, achava-me em estado de indescritível embriaguez. Mandei colocar todas as jóias remanescentes daquelas que eu comprara para livrar-me do incômodo ouro — todas as pérolas e pedras preciosas — sobre duas bandejas cobertas e, em nome da rainha, distribuí-las às suas companheiras e a todas as damas presentes. Enquanto isso, por sobre os armários arrastados, não parava de chover ouro sobre o povo em júbilo.

Na manhã seguinte, Bendel revelou-me confidencialmente que a suspeita, nutrida já há muito tempo, em relação à honestidade de Rascal, se convertera nesse meio-tempo em certeza. No dia anterior ele havia subtraído vários sacos de ouro. "Ora", respondi-lhe, "vamos proporcionar essa pequena pilhagem ao pobre malandro; se eu gosto de dar presentes a todo mundo, por que não também a ele? Ontem ele serviu-me de maneira honrada, assim como os demais criados que você providenciou — todos ajudaram-me a realizar uma festa muito alegre."

Não se falou mais nisso. Rascal continuou sendo o primeiro de meus criados, mas Bendel era o meu amigo e confidente. Habituara-se a considerar inesgotável minha fortuna e não ficava investigando suas fontes — muito pelo contrário, ajudava-me, percebendo minhas intenções, a ostentar riquezas e a dissipar dinheiro. Tudo o que sabia a respeito do desconhecido, daquele hipócrita pálido, era que somente através dele eu poderia ser redimido da maldição que me oprimia, e que eu o temia, embora sobre ele repousasse minha única esperança. Sabia, além disso, que eu estava convencido de que ele poderia encontrar-me em qualquer lugar e eu não o encontraria em parte alguma; por isso eu havia suspendido toda busca vã, aguardando apenas que chegasse o dia prometido.

De início, o esplendor da festa e o meu comportamento durante o seu transcurso mantiveram os crédulos habitantes da cidade em sua opinião preconcebida. É verdade que logo depois se soube pelos jornais que a fabulosa viagem do rei da Prússia não passava de um rumor infundado. Mas eu tinha sido rei e precisava continuar sendo rei para todos os efeitos — e, ainda por cima, um dos mais ricos e majestosos que poderia haver. Apenas, ninguém sabia ao certo qual. O mundo nunca teve motivos para se queixar de falta de monarcas, muito menos em nossos dias; aquelas boas pessoas, que ainda não tinham visto um rei com os próprios olhos, tentavam adivinhar, com chances iguais, se eu era este ou aquele. Mas o conde Peter continuou sendo aquele que era.

Certa vez surgiu entre os hóspedes do balneário um comerciante que havia simulado bancarrota com o objetivo de enriquecer-se. Gozava da consideração de todos e projetava uma sombra imensa, ainda que um tanto pálida. Queria exibir naquele lugar a fortuna que amealhara e assim ocorreu-lhe até mesmo entrar em competição comigo. Lancei mão de minha bolsa e logo tinha deixado o pobre diabo tão para trás que ele, para evitar a desmoralização, teve novamente de declarar falência e se retirar para além das montanhas. Foi dessa forma que me livrei dele. Naquela região, muitos tornaram-se vagabundos e ociosos por minha causa.

Apesar de todo o esplendor majestoso e da prodigalidade com que eu submetia a todos, vivia com muita simplicidade, retirado em minha casa. Havia feito da máxima prudência minha regra de conduta; ninguém, sob nenhum pretexto, podia adentrar os aposentos que ocupava, exceto Bendel. Enquanto brilhava o sol, eu permanecia confinado com ele e então se dizia: o conde trabalha em seu gabinete. A esse trabalho estava relacionada a copiosa correspondência que eu recebia e despachava por qualquer banalidade.

— Somente às noites eu recebia visitas, sob as árvores ou em meu salão, iluminado hábil e profusamente segundo as indicações de Bendel. Quando saía — e então Bendel vigiava-me com olhos de Argos[3] — era apenas para ir ao jardim do chefe florestal, por causa de uma única pessoa: pois o alento mais profundo de minha vida era o amor.

Oh!, meu bom Chamisso, espero que você não tenha esquecido o que é o amor! Deixo aqui muita coisa para ser complementada por você. Mina era realmente uma criança adorável — boa e meiga. Eu havia cativado toda sua fantasia; em sua humildade não compreendia por que eu tinha olhos só para ela e retribuía amor com amor, com toda a força juvenil de um coração inocente. Amava como uma mulher, sacrificando-se por inteiro; esquecida de si mesma, entregando-se e pensando apenas naquele que era sua vida, sem se importar se isso significava sua ruína: em suma, amava de verdade.

Mas eu, oh!, que momentos terríveis — terríveis e, contudo, também nobres, pois ainda anelo por eles —, quantas vezes não chorei ao peito de Bendel quando, depois do primeiro êxtase inconsciente, voltava a mim, analisava-me, contemplava-me lucidamente e via-me, sem sombra, pervertendo aquele anjo com um egoísmo traiçoeiro, iludindo e roubando-lhe a alma pura. Então, decidia revelar-me a ela; depois prometia, com juras sagradas, afastar-me dela e fugir; mas logo depois rompia em pranto e combinava com Bendel como haveria de visitá-la à noite, no jardim do chefe florestal.

---

3. Argos, na mitologia grega, era um príncipe que possuía cem olhos, sendo que cinqüenta deles se mantinham permanentemente abertos. (N.T.)

Outras vezes impunha-me grandes esperanças com a visita do desconhecido de cinza, que se aproximava; queria enganar-me, mas voltava a chorar quando tentava, sempre inutilmente, acreditar naquilo; pois ele tinha dito: dali a um ano, e eu acreditava em sua palavra.

Os pais eram pessoas de idade, boas e honradas, que amavam muito a filha única; nossa relação surpreendeu-os quando já estava dada e eles não sabiam o que fazer. Jamais haviam sonhado que o conde Peter só pensava em sua filha; mas agora ele a amava perdidamente e era correspondido. — A mãe era suficientemente vaidosa para pensar na possibilidade de uma tal ligação e trabalhar nesse sentido; a saudável experiência de vida do velho não dava muito espaço a essas fantasias exageradas. Ambos estavam convencidos da pureza do meu amor — não podiam fazer nada além de rezar pela filha.

Cai-me em mãos uma carta de Mina, que ainda guardo daqueles tempos. — Sim, é sua letra! Quero copiá-la para você:

> *Sou uma moça fraca e tonta e poderia imaginar que o meu amado, porque eu o amo com tanto fervor, não iria causar dor à pobre moça. Ah!, você é tão bom, tão indizivelmente bom; mas não me interprete mal. Você não deve sacrificar nada a mim, não deve querer sacrificar nada; oh, Deus! — eu poderia odiar-me se você fizesse isso. Não... você me fez infinitamente feliz, você me ensinou a amar. Parta agora!, pois o meu destino sabe que o conde Peter não pertence a mim, mas ao mundo. Estarei orgulhosa quando ouvir: eis o que ele era e o que voltou a ser; e isso foi o que ele realizou! — Então eles o veneraram e idolatraram.*

Eu o irrito quando toco nessas coisas, pois você vê que pode esquecer seu elevado destino por causa de uma moça ingênua... Parta agora, senão esse pensamento ainda me fará infeliz, eu que por você sou tão feliz, tão venturosa... Pois não teci também em sua vida um ramo de oliveira e um botão de rosa, como na coroa que pude oferecer-lhe? Eu o possuo em meu coração, amado, não tema ir embora... Ah!, vou morrer tão feliz por você, tão inexprimivelmente feliz!

Você pode imaginar como essas palavras me cortaram o coração. Expliquei-lhe que não era a pessoa por quem pareciam me tomar, que era apenas um homem rico, mas infinitamente pobre. Que sobre mim pesava uma maldição que continuava sendo o único segredo entre nós porque havia ainda uma esperança de que fosse desfeita. Expliquei-lhe que o veneno de meus dias consistia no fato de que poderia arrastá-la comigo ao abismo, a ela — a única luz, a única felicidade, o único alento de minha vida. Então ela voltava a chorar, porque me via tão infeliz. Ah!, ela era tão amável, tão boa! Para poupar-me uma só lágrima, com que ventura não se sacrificaria!

Entretanto ela estava muito longe de entender corretamente minhas palavras. Imaginava-me algum príncipe atingido por severo feitiço, um alto soberano destituído, e a força de sua imaginação exercitava-se em pintar o amado com cores heróicas e majestosas.

Disse-lhe certa vez: “Mina, o último dia do próximo mês pode transformar e decidir meu destino. Se isso não ocorrer, então deverei morrer, pois não quero torná-la infeliz.” Chorando, ela escondeu a cabeça em meu peito: “Se o seu destino se modificar, faça-me saber apenas que você está feliz, não tenho nenhuma outra pretensão. — Mas, se estiver infeliz, prenda-me à sua miséria, para que eu o ajude a suportá-la."

"Menina, menina, retire essa palavra louca e precipitada que escapou de seus lábios — você conhece essa miséria, você conhece essa maldição? Você sabe quem é o seu amado... o que ele...? Você não me vê estremecer convulsivamente e ocultar-lhe um segredo?" Caiu soluçando a meus pés e repetiu, entre juras, o seu pedido.

Declarei ao chefe florestal, que entrava naquele momento, minha intenção de pedir a mão de sua filha no primeiro dia do mês que se seguiria ao próximo. Estabelecia aquela data porque até lá deveria acontecer muita coisa que iria influenciar meu destino. Inabalável era apenas o meu amor pela sua filha.

O bom homem ficou bastante espantado ao ouvir essas palavras da boca do conde Peter. Abraçou-me, mas logo envergonhou-se por se ter excedido. De repente, começou a duvidar, a tecer considerações, a analisar; falou de dote, de segurança, do futuro de sua filha querida. Agradeci-lhe por lembrar-me dessas coisas e disse que desejava estabelecer-me naquela região, onde parecia ser tão querido, e levar uma vida livre de preocupações. Pedi-lhe que comprasse em nome da filha as melhores terras que eram oferecidas por lá, e que deixasse o pagamento por minha conta. Dessa forma, o pai estaria prestando um grande serviço àquele que amava sua filha. — Isto lhe deu muito trabalho, pois por toda parte um estranho se antecipava a ele; assim, as compras só chegaram a mais ou menos um milhão.

O fato de tê-lo ocupado com aquilo era, no fundo, uma artimanha inocente para afastá-lo, e eu já tinha lançado mão de semelhantes expedientes; pois tenho que confessar que

ele era um tanto incômodo. A boa mãe, ao contrário, fazia-se de meio surda e não era tão obcecada como ele pela honra de entreter o senhor conde.

Nisso, a mãe juntou-se a nós; felizes, os dois insistiram para que eu ficasse mais tempo com eles naquela noite; mas não podia ficar nem mais um instante: já via no horizonte o rubor da lua que nascia. Meu tempo tinha acabado.

Na noite seguinte, fui novamente ao jardim do chefe florestal. Joguei o capote sobre os ombros, enterrei o chapéu até a altura dos olhos e acerquei-me de Mina; ao levantar os olhos e mirar-me, fez um movimento involuntário. Esboçou-se então diante de meu espírito, com plena lucidez, a visão daquela noite horrível, em que me mostrara sem sombra ao luar. Era ela realmente! Mas será que tinha me reconhecido agora? Ficou calada e imersa em seus pensamentos — eu sentia um peso esmagador em meu peito. Levantei-me da cadeira e ela jogou-se sobre mim, chorando baixinho. Fui embora.

Desde então, encontrava-a freqüentemente em lágrimas; minha alma ia ficando cada vez mais sombria; somente os pais flutuavam em uma felicidade transbordante. O dia fatal aproximava-se, opressivo e pesado como uma nuvem de tempestade. Chegou a véspera — e eu mal conseguia respirar. Por precaução, já tinha enchido algumas caixas com ouro. Em vigília, fiquei esperando a meia-noite. — Ela soou.

E eu continuava sentado ali, os olhos fixos nos ponteiros do relógio, contando os segundos e os minutos como golpes de punhal. A qualquer ruído que se ouvia, eu me sobressaltava. Raiou o dia — as horas foram se sucedendo, pesadas como chumbo. Veio o meio-dia, o entardecer, a noite: os ponteiros avançavam e a esperança ia murchando. Bateram as onze e não aconteceu nada; esgotaram-se os últimos minutos da hora derradeira — e não apareceu ninguém. Soou a meia-noite, da primeira à décima segunda badalada, e eu tombei em meu leito, desesperançado e em choro interminável. Sem sombra para todo o sempre, deveria pedir a mão de minha amada no dia seguinte. Por volta do amanhecer um sono opressivo cerrou-me os olhos.

5

Ainda era cedo quando fui acordado por vozes que se elevaram no quarto ao lado, em uma discussão inflamada. Prestei atenção. Bendel impedia a passagem; Rascal jurava, em tom alto e solene, que não aceitava ordens de um igual e insistia em entrar em meus aposentos. O bom Bendel deu-lhe a entender que tais palavras, caso chegassem a meus ouvidos, o privariam de um serviço vantajoso. Rascal ameaçou partir às vias de fato se Bendel continuasse a impedir-lhe a passagem.

Vesti-me apressadamente; abri a porta com raiva e parti para cima de Rascal — "O que você quer, patife?"; ele recuou dois passos e respondeu friamente: "Pedir-lhe respeitosamente, senhor conde, que me deixe ver sua sombra — o sol está tão bonito lá no pátio."

Foi como se tivesse sido atingido por um raio. Demorou muito tempo até que eu retomasse a palavra. — "Como se atreve um criado..." Ele cortou-me calmamente a palavra: "Um criado pode ser um homem muito honrado e pode não querer servir a uma pessoa sem sombra; eu exijo a minha demissão." Precisei ir por outros caminhos: "Mas Rascal, caro Rascal, quem colocou essa idéia infeliz em sua cabeça? Como você pode pensar...?" Ele continuou no mesmo tom: "Há pessoas que afirmam que o senhor não tem sombra — em resumo, ou o senhor me mostra sua sombra ou me dispense."

Bendel, pálido e trêmulo, mas com mais presença de espírito, fez-me um sinal; recorri ao ouro, que tudo resolve — mas também ele tinha perdido seu poder. Rascal jogou-o a meus pés: "De uma pessoa sem sombra eu não aceito nada." Voltou-me as costas e saiu lentamente do quarto, chapéu na cabeça e assobiando uma cançoneta. Seguindo-o com os olhos, fiquei ali com Bendel, petrificado e sem saber o que pensar e o que fazer.

Suspirando penosamente e sentindo a morte no coração, preparei-me para finalmente cumprir minha palavra e, como um criminoso diante de seus juízes, aparecer no jardim do chefe florestal. Desci ao caramanchão escuro, ao qual tinham dado o meu nome e onde, também desta vez, eles deviam estar me esperando. A mãe veio ao meu encontro, despreocupada e alegre. Mina estava sentada, pálida e bela como a primeira neve que às vezes, no outono, vem beijar as últimas flores e logo se transforma em água amarga. O chefe florestal, segurando na mão um papel escrito, andava enérgico para cima e para baixo e parecia sufocar em seu íntimo muitas coisas que se expressavam ora no rubor, ora na palidez que tingiam o seu rosto, habitualmente impassível. Quando cheguei, ele acercou-se de mim e exigiu, com palavras entrecortadas, que tivéssemos uma conversa particular. Convidou-me a segui-lo por um caminho que conduzia a um local aberto e ensolarado do parque. Emudecido, deixei-me cair em uma cadeira e seguiu-se um longo silêncio, que mesmo a boa mãe não ousou quebrar.

O chefe florestal continuava a caminhar ao longo do caramanchão, com passadas irregulares e nervosas; de repente, estacou calado à minha frente e perguntou-me, com um olhar penetrante: "Senhor conde, será que um certo Peter Schlemihl lhe é realmente desconhecido?" Fiquei calado. — "Um homem de excelente caráter e de talentos especiais..." Ele aguardava minha resposta. — "E se eu mesmo fosse esse homem?" — "Um homem", acrescentou furioso, "cuja sombra se extraviou!!" — "Oh!, era o meu pressentimento, o meu pressentimento!", exclamou Mina, "sim, já faz tempo que eu sei — ele não tem sombra." E ela se jogou nos braços da mãe, que, aterrorizada, apertava-a contra o peito e a censurava por ter guardado consigo, para a desgraça de todos, um tal segredo. Mas, como Aretusa[1], ela havia se transformado em uma fonte de lágrimas que, ao som de minha voz, jorrava com mais abundância e, com minha proximidade, se agitava tempestuosamente.

"E o senhor", investiu de novo, cheio de rancor, o chefe florestal, "o senhor não teve escrúpulos em enganar, com descaramento inaudito, a mim e a ela; e ainda por cima afirma amar esta moça a quem degradou tanto. Veja como ela chora e se debate. Que coisa mais terrível!"

---

1. Aretusa era uma ninfa (ser mitológico que vive nos rios, no mar e nos bosques) que certa vez foi surpreendida pelo deus fluvial Alfeu, enquanto se banhava em um rio. Em sua fuga, foi ajudada pela deusa Artemis, que a escondeu no seio da terra e, mais tarde, a fez brotar de lá como fonte. (N.T.)

Eu tinha perdido de tal forma o controle que comecei a falar tresloucadamente: dizia que, no fundo, uma sombra não era nada mais do que uma sombra, que se podia viver sem ela e que não valia a pena fazer tal alarido por causa disso. Mas eu sentia muito bem a inconsistência daquilo que dizia e assim interrompi meu discurso sem que o chefe florestal se dignasse a dar-me uma resposta. Acrescentei por fim: "o que se perdeu uma vez, pode-se encontrar de novo em outra ocasião."

Ele investiu colérico contra mim: "Confesse, meu senhor, diga-me como perdeu sua sombra!" Precisei mentir novamente: "Certa vez um sujeito estúpido pisoteou minha sombra com tamanha brutalidade que fez um enorme rombo nela. Tive que levá-la para o conserto, pois o dinheiro pode muita coisa; já ontem devia tê-la recebido de volta."

"Muito bem, meu senhor, está muito bem!", respondeu-me o chefe florestal. — "O senhor pede a mão de minha filha, outros fazem o mesmo. Como pai tenho de zelar por ela; dou-lhe um prazo de três dias para que providencie uma sombra. Se dentro de três dias o senhor me aparecer com uma sombra bem adequada, será bem-vindo; mas no quarto dia — eu lhe digo — minha filha será a mulher de um outro." Tentei ainda dizer uma palavra a Mina, mas ela, soluçando convulsivamente, agarrou-se com mais força à mãe e esta, em silêncio, fez um sinal para que eu me afastasse. Saí cambaleando e foi como se o mundo se fechasse atrás de mim.

Liberto da vigilância amável de Bendel, atravessei bosques e campos numa carreira desvairada. Um suor de angústia banhava minha fronte, um gemido surdo saía de meu peito, dentro de mim agitava-se a loucura.

Não sei quanto tempo transcorreu até o momento em que, atravessando um prado ensolarado, senti que me seguravam pela manga. Quedei-me em silêncio e olhei em volta... Era o homem da casaca cinza, que, resfolegando, parecia ter corrido atrás de mim. Tomou a palavra de imediato: "Eu havia me anunciado para o dia de hoje, o senhor não conseguiu esperar o tempo certo. Mas ainda está tudo bem — aceite o meu conselho, façamos uma nova troca com sua sombra, que está à sua disposição, e volte imediatamente: o senhor será bem-vindo no jardim do chefe florestal e tudo não terá passado de uma brincadeira. Quanto ao Rascal, que o traiu e está pretendendo sua noiva, vou levá-lo comigo: o sujeito já está no ponto."

Era como se eu estivesse envolto em torpor. — "Anunciado para o dia de hoje..." Rememorei mais uma vez o tempo transcorrido... ele tinha razão, minhas contas sempre estiveram erradas em um dia. Com a mão direita procurei a bolsa em meu peito — ele adivinhou meu pensamento e deu dois passos para trás. — "Não, senhor conde, ela está em ótimas mãos, guarde-a." Mirei-o fixamente, com olhos perplexos e interrogativos; ele prosseguiu: "Eu só peço uma ninharia como lembrança: seja bonzinho e assine este papel aqui." — No pergaminho liam-se as palavras:

> *Através desta minha assinatura lego minha alma ao proprietário deste documento, depois de sua separação natural de meu corpo.*[2]

Com mudo assombro, olhava alternadamente para o documento e para o desconhecido de cinza. Nesse meio-tempo,

2. É também com uma gota de sangue que Mefistófeles exorta Fausto a assinar a aposta entre ambos, que vale a alma deste. (*Fausto*, 1ª parte, 2ª cena no "Quarto de estudo", verso 1.737.) (N.T.)

ele apanhou com uma pena recém-cortada uma gota de sangue, que escorria de um ferimento feito em minha mão por um espinho, e estendeu-a em minha direção.

"Mas quem é o senhor?", perguntei por fim. "O que importa", respondeu-me ele, "e será que não se percebe? Sou um pobre diabo, ao mesmo tempo uma espécie de erudito e físico, que por suas artes exemplares só recebe ingratidão de seus amigos e que não tem nenhum outro prazer nesta terra além de suas pequenas experiências — mas assine à direita, aqui em baixo: Peter Schlemihl."

Balancei a cabeça negativamente e disse: "Perdão, meu senhor, isto eu não assino." — "Não?", repetiu admirado, "e por que não?"

"Trocar a minha alma pela sombra parece-me de certo modo um negócio duvidoso." — "Ora, ora, duvidoso", repetiu ele, e irrompeu em sonora gargalhada contra mim. — "E, se me permite perguntar, que tipo de coisa é afinal a sua alma? O senhor já a viu? E o que pensa fazer com ela, quando estiver morto? Considere-se feliz por encontrar, ainda em vida, um entusiasta que quer comprar a herança dessa incógnita, dessa força galvânica ou dessa atividade polarizadora — ou o que quer que seja essa coisa estúpida —, pagando-lhe com algo real, isto é, com sua sombra corpórea, através da qual o senhor pode chegar à mão de sua amada e à realização de todos os seus desejos. Ou o senhor prefere empurrar e entregar a pobre e jovem moça a Rascal, esse vil canalha? — Não!, o senhor precisa ver com os próprios olhos; venha, eu lhe empresto esse capuz que tem a faculdade de tornar invisível a quem o usa" — ele tirou algo do bolso — "e, sem que ninguém nos veja, vamos fazer uma peregrinação pelo jardim do chefe florestal."

Devo confessar que senti uma vergonha imensa ao ver aquele homem zombando de mim. Odiava-o do fundo de meu coração e creio que foi essa aversão pessoal, mais do que princípios e preconceitos, que me impediu de comprar minha sombra, por mais necessária que ela me fosse, mediante a assinatura exigida. Era-me igualmente insuportável a idéia de fazer o passeio que ele me propunha em sua companhia. Ver aquele hipócrita odiento, aquele demônio cínico interpor-se sarcasticamente entre mim e minha amada, entre dois corações dilacerados, revoltava meus sentimentos mais íntimos. Aceitei o que tinha acontecido como obra do destino, minha miséria como incontornável e, voltando-me para o homem, disse-lhe:

"Meu senhor, eu lhe vendi minha sombra pelo preço dessa bolsa, em si bastante apreciável, e arrependi-me suficientemente. Será que esse negócio pode voltar atrás, em nome de Deus?" Ele balançou a cabeça e assumiu uma expressão sombria. Continuei: "Então não quero lhe vender mais nada do que possuo, ainda que seja pelo preço que o senhor oferece — o de minha sombra —, portanto não assino nada. Pode-se deduzir disso tudo que o passeio invisível, ao qual o senhor me convida, seria muito mais divertido para o senhor do que para mim; portanto queira desculpar-me e, já que as coisas estão neste pé, vamos nos separar.

"É pena, monsieur Schlemihl, que o senhor, teimosamente, recuse esse negócio que eu ofereço de maneira tão amigável. Entretanto — talvez eu tenha mais sorte de uma outra vez. Até logo! — A propósito, permita-me mostrar-lhe que de forma alguma deixo estragar as coisas que compro; pelo contrário: tenho-as em alto apreço e comigo elas estão muito bem guardadas."

Imediatamente, tirou a minha sombra de seu bolso e, desenrolando-a com gestos hábeis sobre o prado, estendeu-a a seus pés, no lado em que batia sol, de tal forma que saiu andando entre as duas sombras que o serviam, a minha e a dele; pois minha sombra tinha igualmente de obedecer-lhe e orientar-se e ajustar-se a todos os seus movimentos.

No momento em que revi minha sombra, depois de tão longo tempo — e encontrando-a degradada àquele serviço infame justamente quando, por sua causa, encontrava-me em situação desesperadora — meu coração partiu-se e comecei a chorar amargamente. O maldito vangloriava-se daquele roubo e renovou descaradamente sua proposta:

"O senhor ainda pode tê-la; um traço com a pena e com isso salvará a infeliz Mina das garras do patife, trazendo-a para os braços do venerável senhor conde. Como eu disse — basta um traço com a pena." Minhas lágrimas brotaram com força renovada; mas dei-lhe as costas e fiz um sinal para que se afastasse.

Bendel, que, tomado por preocupações, tinha seguido meus passos até ali, chegou naquele exato momento. Quando aquela alma boa e fiel me encontrou chorando e viu minha sombra — pois era impossível não reconhecê-la — em poder do misterioso desconhecido de cinza, decidiu no mesmo instante, ainda que fosse pela violência, recolocar-me em posse do que me pertencia. E como ele próprio não sabia lidar com aquele assunto delicado, começou atacando o homem com palavras e, sem perder tempo com muitas perguntas, ordenou-lhe que devolvesse sem demora o que era meu. Em vez de resposta, o homem deu as costas ao rapaz inocente e foi embora. Bendel, porém, levantou o porrete de espinhos que trazia consigo e saiu no encalço daquele, fazendo-o sentir sem dó toda a força de seu braço musculoso, ao mesmo tempo que repetia a ordem de entregar a sombra. O homem de cinza, como se estivesse acostumado àquele tratamento, abaixou a cabeça, encurvou os ombros e foi seguindo seu caminho pelo prado, calado e em passo tranqüilo, arrastando consigo a minha sombra e o meu fiel criado. Durante muito tempo ouvi ainda aquele som abafado ressoar pelo descampado, até que finalmente se perdeu na distância. Como antes, fiquei sozinho com minha desgraça.

6

Sozinho de novo no prado deserto, dei livre curso a lágrimas intermináveis, aliviando meu pobre coração de uma angústia inominável. Não via, para minha miséria transbordante, nenhum limite, nenhuma saída ou finalidade, e assim ia sorvendo, com sede raivosa, o novo veneno que o desconhecido destilara em minhas feridas. Quando evoquei a imagem de Mina perante minha alma e a doce e querida figura me apareceu pálida e chorosa, tal como a vira pela última vez em minha humilhação, intrometeu-se logo o vulto insolente e sarcástico de Rascal entre ela e mim. Escondi o rosto e fugi pelo descampado; mas aquela visão medonha não me deixava em paz, perseguindo-me na fuga até que, sem fôlego, caí no chão e umedeci a terra com uma nova torrente de lágrimas.

E tudo por causa de uma sombra! E essa sombra, eu a teria adquirido de volta através de um traço com a pena.

Refleti novamente sobre a estranha proposta e a minha recusa. Estava desolado, não tinha mais nem juízo nem capacidade de compreensão.

O dia estava indo embora. Aplaquei minha fome com frutas silvestres e a sede em uma fonte que descia de uma montanha próxima; caiu a noite e fiz meu leito debaixo de uma árvore. A úmida manhã despertou-me de um sono pesado, durante o qual eu próprio me ouvia estertorar como se estivesse morrendo. Bendel devia ter perdido minha pista e este pensamento alegrou-me. Não queria mais voltar para o meio dos homens, dos quais fugira aterrorizado, como a arisca corça da montanha. Assim passei três dias angustiantes.

Na manhã do quarto dia encontrava-me em uma planície iluminada pelo sol e, expondo-me a seus raios, sentei-me sobre os escombros de um rochedo; pois agora agradava-me apreciar a visão solar, da qual me privara por longo tempo. Em silêncio, ia alimentando meu coração com o seu próprio desespero. Sobressaltei-me com um leve ruído; pronto para a fuga, lancei um olhar à minha volta e não vi ninguém, mas, deslizando pela areia ensolarada, passou por mim uma sombra humana, não muito diferente da minha e que, vagueando sozinha, parecia ter-se extraviado de seu dono.

Um impulso poderoso despertou em mim: "Sombra", pensei, "você procura um dono? Eu o serei." E dei um salto, buscando apoderar-me dela, pois pensava que, se lograsse sintonizar-me com seu deslocamento de tal forma que ela viesse a meus pés, então ela ficaria presa ali e com o tempo se acostumaria a mim.

Ao meu movimento, a sombra partiu em fuga, obrigando-me a iniciar penosa caça atrás do leve fugitivo; somente o pensamento de livrar-me da situação terrível em que me encontrava pôde investir-me de forças suficientes para a perseguição. Ela fugiu em direção de um bosque ainda um tanto distante, em cujas sombras eu certamente a perderia. Percebi isso e um susto contraiu-me o coração, aguçou meu desejo e deu asas à minha corrida — ia levando uma vantagem nítida sobre a sombra, aproximava-me cada vez mais e deveria alcançá-la. Então ela se deteve de repente e voltou-se contra mim. Como o leão sobre sua presa, arrojei-me com um salto impetuoso para conquistá-la... e choquei-me brusca e inesperadamente contra uma resistência corpórea. Sem que pudesse ver de onde partiam, recebi os mais violentos golpes que homem algum jamais levou.

O efeito daquele susto fez-me contrair convulsivamente os braços e agarrar com força aquela coisa invisível que estava à minha frente. Na rapidez da ação fui ao solo, caindo para a frente; sob mim, de costas, estava o homem que eu mantinha agarrado, apenas neste momento tornando-se visível.

Compreendi então tudo o que havia acontecido. O homem devia estar carregando consigo o ninho encantado — o qual tem a faculdade de tornar invisível aquele que o segura, mas não sua sombra — e naquele instante o soltara. Espiei em redor e logo descobri a sombra do próprio ninho invisível; levantei-me e não errei o bote sobre a rica presa. Invisível e sem sombra, já estava com o ninho em minhas mãos.

O homem, que se levantou depressa e começou imediatamente a procurar seu afortunado vencedor, não o avistou por toda a extensa planície ensolarada, nem a ele nem à sua sombra, a cujos ruídos ele aguçava o ouvido de maneira particularmente angustiada. Pois antes ele não tivera ocasião de notar que eu próprio era desprovido de

sombra, e não poderia supor tal coisa. Quando ele se convenceu de que todas as pistas haviam sumido, voltou as mãos contra si próprio e, em desespero extremo, começou a arrancar os cabelos. Mas a mim, o tesouro conquistado deu a possibilidade, e ao mesmo tempo o desejo, de misturar-me novamente entre os homens. Não me faltaram pretextos para justificar a mim mesmo aquele roubo ignóbil — ou, melhor dizendo, nem precisei de tal coisa e, para subtrair-me a pensamentos dessa natureza, apressei-me em ir embora dali, não mais olhando para aquele infeliz, cuja voz aflita ainda ouvi ressoar longo tempo atrás de mim. Pelo menos foi assim que se me afiguraram então as circunstâncias desse acontecimento.

Desejava ardentemente ir ao jardim do chefe florestal e comprovar com os próprios olhos a verdade das coisas que aquele ser detestável me havia dito. Mas não sabia onde me encontrava; para orientar-me naquela região, escalei a colina mais próxima — de seu cume vi a pequena cidade vizinha e o jardim florestal se estenderem aos meus pés. O coração bateu com mais força em meu peito e lágrimas diferentes daquelas que até então tinha vertido banharam-me os olhos: eu deveria revê-la. Uma saudade apreensiva acelerou meus passos na descida pelo caminho mais curto. Sem ser visto, passei por alguns camponeses que vinham da cidade. Falavam de mim, de Rascal e do chefe florestal; não quis ouvir nada e continuei apressado.

Entrei no jardim sentindo no peito todos os tremores da expectativa — um riso ressoou em minha direção; fiquei gelado e lancei um rápido olhar em volta: não pude descobrir ninguém. Continuei a caminhar e tive a impressão de ouvir ao meu lado um ruído semelhante a passos humanos — mas não se podia ver nada: imaginei que meu ouvido me enganara. Ainda era cedo, não havia ninguém no caramanchão do conde Peter; o jardim ainda vazio; atravessei os caminhos conhecidos e avancei até a residência. Aquele mesmo barulho continuava a perseguir-me, cada vez mais nítido. Com o coração amedrontado, sentei-me em um banco que ficava defronte à porta da casa, em um espaço ensolarado. Foi como se tivesse ouvido aquele demônio invisível sentar-se ao meu lado, rindo com sarcasmo. A chave girou na porta, esta se abriu e o chefe florestal veio para fora, segurando papéis na mão. Senti uma espécie de névoa envolver-me a cabeça, olhei em volta e — maldição! — o homem da casaca cinza estava sentado ao meu lado, mirando-me com um sorriso satânico. — Ele tinha estendido seu capuz mágico também sobre minha cabeça e a seus pés, tranqüilamente emparelhadas, estavam sua sombra e a minha; brincava negligentemente com o conhecido pergaminho que tinha em mãos e, enquanto o chefe florestal, ocupado com os papéis, andava para cima e para baixo na sombra do caramanchão, ele inclinou-se confidencialmente ao meu ouvido e sussurrou as seguintes palavras:

"Como se o senhor tivesse afinal aceitado meu convite, eis-nos sentados aqui, duas cabeças sob um mesmo capuz. — Muito bem, muito bem! Devolva-me agora o meu ninho: o senhor não precisa mais dele e é um homem demasiado honrado para querer escondê-lo de mim. E nada de agradecimentos, asseguro ao senhor que lhe emprestei o ninho de todo coração." Sem resistência, ele o tomou de minhas mãos, guardou-o no bolso e riu-se mais uma vez de mim — e ainda por cima tão alto que o chefe florestal se voltou em direção do barulho. Como que petrificado, continuava eu sentado ali.

"O senhor tem de me confessar", continuou ele, "que um tal capuz é muito mais confortável. Pois ele encobre não apenas a quem o traz, mas também sua sombra e quantos mais se queiram levar. Veja o senhor, hoje estou levando dois sob ele." Ele riu de novo. — "Note bem, Schlemihl, aquilo que a princípio a gente não quer fazer por bem, acaba por fim fazendo-o obrigado. Eu penso que o senhor ainda vai querer comprar a coisa e ter a sua noiva de volta, pois ainda é tempo. E o Rascal, este nós deixaremos balançar na forca — enquanto não faltar corda, isto será uma coisa fácil. — Ouça, eu dou-lhe ainda o meu boné de quebra."

A mãe saiu para fora e a conversa começou. — "O que a Mina está fazendo?" — "Está chorando." — "Criança ingênua! Não se pode mudar mais nada!" — "É certo que não; mas entregá-la tão cedo a um outro... Oh! homem, você está sendo cruel com sua única filha." — "Não, mãe, você vê a coisa de uma maneira completamente errada. Quando ela se achar como esposa de um homem bastante rico e honrado — e isto ainda antes que tenha chorado todas as suas lágrimas infantis — ela se verá consolada de suas dores e será como se tivesse acordado de um sono — então ela agradecerá a Deus e a nós, você vai ver!" — "Deus lhe ouça!" — "É certo que ela possui agora propriedades bastante consideráveis; mas, depois do escândalo causado por aquela infeliz história com o aventureiro, você acha que tão cedo se achará um marido tão conveniente a ela como o senhor Rascal? Você sabe a fortuna que ele possui, o senhor Rascal? Aqui em nossa terra ele comprou seis milhões em propriedades, livres de qualquer dívida, pagando com dinheiro vivo. Eu tive os documentos em mãos! Era ele que por toda parte se antecipava a mim, comprando o que havia de melhor; e além disso ele possui em sua carteira letras no valor de aproximadamente quatro milhões e meio, contra o senhor Thomas John." — "Ele deve ter roubado muito." — "Mas que palavras são essas! Ele economizou sabiamente onde todos esbanjavam." — "Um homem que vestiu a libré..." — "Mulher tonta! Se ele tem uma sombra irrepreensível." — "Você tem razão, mas..."

O homem da casaca cinza riu e olhou para mim. A porta abriu-se e Mina saiu para fora. Apoiava-se no braço de uma criada e lágrimas silenciosas escorriam sobre suas faces pálidas e belas. Sentou-se em uma poltrona que estava reservada para ela, debaixo de umas tílias, e o pai ocupou uma cadeira a seu lado. Ele segurou delicadamente a sua mão e, começando ela a chorar com mais força, disse-lhe palavras carinhosas:

"Você é a minha boa e querida filha, você será também razoável e não vai querer magoar seu velho pai, que só quer a sua felicidade; eu compreendo muito bem, querida, que tudo isso a abalou muito, mas você escapou maravilhosamente de sua desgraça! Antes de descobrirmos aquela trapaça vergonhosa, você amou muito aquele indigno; veja, Mina, eu sei disso e não lhe faço qualquer censura. Eu mesmo, filha querida, também o amei enquanto o considerava um grande senhor. Agora você mesma vê como tudo ficou diferente. Com que então, qualquer cachorro tem sua sombra e minha filha única e querida deveria... um homem que... Não, você também não vai pensar mais nele. — Ouça, Mina, agora você tem um pretendente que não teme o sol, um homem honrado, que certamente não é nenhum príncipe, mas que possui uma fortuna de dez milhões — dez vezes mais do que você; um homem que fará feliz minha filha querida. Não me

conteste nada, não se oponha, seja uma filha boa e obediente e deixe seu pai querido tomar conta de você, secar suas lágrimas. Prometa-me que dará sua mão ao senhor Rascal. — Diga, você vai me prometer isso?"

Ela respondeu com uma voz desfalecida: "Eu já não tenho vontade ou desejos nesta terra. Que aconteça então comigo aquilo que meu pai desejar." Neste mesmo instante, o senhor Rascal foi anunciado e entrou de maneira atrevida naquele círculo. Mina desmaiara. Meu odioso acompanhante mirou-me encolerizado e sussurrou-me rápidas palavras: "E o senhor consegue suportar tudo isso! O que corre em suas veias em lugar de sangue?" Com um rápido movimento, abriu uma leve ferida em minha mão — saiu sangue e ele continuou: "De fato! Sangue vermelho! — Então assine!" O pergaminho e a pena já estavam em minhas mãos.

7

Vou submeter-me ao seu juízo, meu caro Chamisso, sem procurar influenciá-lo. Durante muito tempo impus a mim mesmo a sentença mais severa, pois fui alimentando em meu coração um verme atormentador. Aquele grave momento de minha vida pairava-me constantemente diante da alma e eu só conseguia encará-lo com o olhar cheio de dúvidas, com humildade e arrependimento. — Caro amigo, quem, de forma leviana, dá um passo que seja para fora da estrada correta é arrastado subitamente a outros caminhos, que o levam para cada vez mais baixo; é em vão que ele vê brilhar no céu as estrelas que orientam, não lhe resta mais escolha e é obrigado assim a prosseguir ininterruptamente abismo abaixo e sacrificar-se a Nêmesis.[1]

1. Nêmesis: na mitologia grega, deusa que pune as faltas e os excessos. (N.T.)

Depois daquele erro precipitado que descarregou a maldição sobre mim, o amor levou-me a penetrar criminosamente no destino de um outro ser. O que me restou senão arrojar-me às cegas onde eu havia semeado a perdição, levar socorro onde se exigia de mim uma salvação rápida? Pois a hora derradeira já tinha soado.

Não pense tão mal sobre mim, meu Adelbert, a ponto de supor que o preço exigido me parecera demasiado alto, que eu tenha sido mais avarento com algo que era só meu do que o fora antes com ouro. — Não, Adelbert; a minha alma estava tomada por um ódio insuperável contra aquele embusteiro enigmático de caminhos tortuosos. Pode ser que eu estivesse sendo injusto, mas qualquer coisa em comum com ele me revoltava. Aqui, porém — como já tantas vezes em minha vida e, de uma maneira geral, outras tantas vezes na história universal —, um acontecimento veio ocupar o lugar de uma ação. Mais tarde eu me reconciliei comigo mesmo. Aprendi a respeitar lucidamente a necessidade; e o que é mais próprio dela do que uma ação cumprida, do que um acontecimento realizado? Depois, eu aprendi a respeitar essa necessidade como uma ordem sábia que atravessa todo esse imenso mecanismo no qual nós intervimos como meras peças componentes, impulsionando algumas e sendo impulsionadas por outras. O que tem de ser, acontece; o que tinha de ser, aconteceu — e não sem aquela ordem que por fim aprendi a respeitar em meu destino e no destino daqueles que estão ligados a mim.

Não sei se devo atribuir tal coisa à tensão de minha alma sob o assédio de sensações tão poderosas, ou se ao esgotamento de minhas forças físicas — enfraquecidas nos últimos dias por privações extraordinárias —, ou se, ainda, à agitação destrutiva que a proximidade daquele monstro cinzento provocava em todo o meu ser: o fato é que, quando chegou o momento da assinatura, caí em profundo desmaio e durante longo tempo estive como que nos braços da morte.

Os primeiros sons que chegaram aos meus ouvidos, ao recobrar a consciência, foram batidas de pés e o rogar de pragas; abri os olhos — estava escuro. Meu detestável acompanhante ocupava-se comigo, ao mesmo tempo que me insultava. "Isso não significa proceder como uma velha? — Só resta agora recompor-se e executar sem demora aquilo que foi decidido — ou será que mudou de idéia e prefere agora ficar choramingando?" Levantei-me penosamente do chão — onde estivera deitado — e olhei calado em redor. Já era tarde da noite; da casa do chefe florestal, intensamente iluminada, ressoava uma música festiva, grupos isolados de pessoas passeavam pelos caminhos do jardim. Alguns se aproximaram conversando e acomodaram-se naquele banco onde outrora eu costumava sentar. Conversavam sobre o enlace, contraído pela manhã, entre o rico senhor Rascal e a filha da casa. — Estava, portanto, consumado.

Com a mão afastei de minha cabeça o capuz mágico do desconhecido — que assim desapareceu imediatamente de minha vista — e apressei-me silenciosamente em direção da saída do jardim, enveredando pelas trevas profundas do arvoredo e tomando o caminho através do caramanchão do conde Peter. Mas aquele espírito torturante acompanhava-me invisível; perseguia-me com palavras ferinas. "Então é esse o agradecimento que se recebe, monsieur, pelos esforços dispendidos durante um longo dia, para cuidar de alguém de nervos tão fracos? E a gente é obrigada a fazer o papel de bobo. Está bem, senhor cabeça dura, pode fugir de mim, mas nós somos inseparáveis. O senhor tem o meu ouro e eu a sua sombra; isso não dará sossego a nenhum de nós. — Já se ouviu falar alguma vez de uma sombra que tenha desistido de seu dono? A sua me arrastará atrás do senhor até que consinta em aceitá-la de volta e eu venha então a me livrar dela. O que o senhor poderia ter feito no início com prazer, terá de fazê-lo por aborrecimento e tédio, só que demasiado tarde; ninguém escapa ao seu destino." Continuou falando no mesmo tom; era inútil a minha fuga: ele não cedia e estava sempre presente, falando com sarcasmo sobre ouro e sombra. Eu não conseguia pensar em nada.

Através de ruas desertas, fui caminhando até minha casa. Quando cheguei à sua frente e a olhei, mal pude reconhecê-la; atrás das janelas destruídas não se via nenhuma luz. As portas estavam trancadas, os criados não mais se movimentavam lá dentro. Ele soltou uma sonora gargalhada ao meu lado: "Pois é, assim vão as coisas! Mas o senhor certamente encontrará o seu Bendel em casa; não faz muito tempo, uma pessoa prestativa trouxe-o tão esgotado para casa, que desde então ele com certeza não mais a terá deixado." Riu-se de novo: "Ele tem muitas histórias a contar! — Portanto, avante! Por hoje boa noite, até logo mais!"

Toquei a campainha repetidas vezes — apareceu uma luz; Bendel perguntou de dentro quem estava tocando. Quando o bom homem reconheceu minha voz, mal pôde conter sua alegria; a porta escancarou-se e caímos chorando um nos braços do outro. Eu o achei muito mudado — fraco e doente; quanto a mim, o cabelo tinha ficado totalmente grisalho. Passando por aposentos devastados, ele levou-me a uma sala interior, que fora poupada; buscou comida e bebida e nós nos sentamos — começou novamente a chorar. Contou-me que percorreu uma tal distância daquela vez em que saiu batendo no homem ressequido, vestido de cinza — a quem ele encontrara com minha sombra — até que perdeu minha pista e desabou ao chão de cansaço. Contou ainda que, não conseguindo reencontrar-me, voltou para casa; logo em seguida o populacho, instigado por Rascal, invadiu-a, quebrou as janelas e saciou sua sede de destruição. Procederam dessa forma com o seu benfeitor. A minha criadagem se dispersara para todos os lados. A polícia local expulsou-me como suspeito da cidade e estabeleceu um prazo de vinte e quatro horas para que eu abandonasse a região. Ele pôde ainda acrescentar muitas coisas àquilo que eu já sabia a respeito da riqueza e das bodas de Rascal. Aquele homem maligno, culpado de tudo o que acontecera comigo, devia estar sabendo desde o início de meu segredo; parece que, atraído pelo ouro, ele soube insinuar-se em minha casa e já nos primeiros tempos arranjou para si uma chave daquele armário do ouro, onde estabeleceu a base de sua fortuna — e agora ele podia se dar ao luxo de renunciar a aumentá-la.

Bendel contou-me tudo isso sob lágrimas copiosas; mas então voltava a chorar de alegria, porque estava me revendo, me tinha de volta, e sobretudo porque, depois de tantas incertezas a respeito dos lugares para onde o infortúnio me conduzira, ele via-me suportá-lo sereno e contido. Pois este era o aspecto que o desespero tinha assumido em mim. Enxergava à frente, gigantesca e inexorável, minha miséria; já lhe tinha chorado todas as minhas lágrimas, não conseguia espremer mais nenhum gemido do peito — frio e indiferente, oferecia-lhe a cabeça descoberta.

"Bendel", comecei, "você conhece minha sorte. Não sem culpa anterior, atinge-me agora uma severa punição. Você não deve, criatura inocente, unir por mais tempo seu destino ao meu; eu não quero isso. Vou partir ainda nesta madrugada; sele um cavalo para mim, parto sozinho. Você fica, eu quero que seja assim. Aqui deve haver ainda algumas caixas de ouro — guarde-as com você. Vou peregrinar sem destino pelo mundo; se algum dia uma hora mais feliz sorrir de novo para mim e a felicidade mirar-me reconciliada, então vou pensar fielmente em você. Pois em seu peito fiel chorei muitas horas difíceis e dolorosas."

Com o coração partido, aquele homem honrado foi obrigado a obedecer à última ordem de seu patrão, a qual abalou o íntimo de sua alma. Eu fiquei surdo aos seus pedidos e considerações, cego às suas lágrimas; ele trouxe-me o cavalo. Enquanto ele chorava, apertei-o mais uma vez em meu peito; saltei para a sela e, envolto pelo manto da noite, afastei-me da sepultura de minha vida, despreocupado quanto ao caminho pelo qual o cavalo haveria de conduzir-me. Pois nesta terra eu já não tinha mais nenhuma meta, nenhum desejo, nenhuma esperança.

8

Logo juntou-se a mim um viandante que, depois de ter caminhado um certo tempo ao lado de meu cavalo, pediu-me permissão para colocar na garupa o capote que levava consigo, já que íamos pelo mesmo caminho. Sem dizer palavra, deixei-o fazer o que pedia. Com uma leve cortesia, agradeceu-me pelo pequeno favor, elogiou meu cavalo, aproveitou a oportunidade para enaltecer a ventura e o poder dos ricos e, não sei como, enveredou por uma espécie de monólogo no qual eu fazia o papel de mero ouvinte.

Foi desdobrando suas concepções a respeito da vida e do mundo e logo entrou pela metafísica, sobre a qual recaiu a exigência de encontrar a palavra que fosse a solução de todos os enigmas. Destrinchando a tarefa com muita clareza, caminhava rapidamente para sua solução.

Você sabe, meu amigo, que desde que passei pelas mãos dos filósofos na escola, reconheci claramente que não tenho a menor inclinação para especulações filosóficas e assim abdiquei por completo desse campo. Desde então, deixei muitas questões de lado, renunciei a saber e a compreender muitas coisas e, como você próprio me aconselhou, procurei, na medida do possível, seguir minha voz interior, confiando em meus sentidos e tomando caminhos próprios.

Mas pareceu-me então que aquele artista da palavra ia construindo, com grande talento, um sólido edifício, o qual se levantava alicerçado sobre si mesmo e se mantinha coeso como que por uma necessidade interior. Acontece que eu sentia muita falta exatamente daquilo que queria encontrar e, dessa forma, a coisa transformou-se para mim em uma mera obra de arte, cuja perfeição e graciosa harmonia só serviam para deleitar os olhos. Contudo ia ouvindo de bom grado aquele homem eloqüente, que me distraíra de meus sofrimentos, e lhe teria aberto meu íntimo, se ele tivesse cativado não apenas meu entendimento, mas também minha alma.

Enquanto isso, o tempo foi passando e, imperceptivelmente, a aurora já tinha clareado o céu; assustei-me ao levantar os olhos de repente e ver desenvolver-se a leste o espetáculo das cores que anunciam o sol nascente. E àquela hora em que as sombras se exibem em toda sua extensão não se avistava nenhuma proteção, nenhum refúgio naquela região aberta. E eu não estava só! Lancei um olhar ao meu acompanhante e assustei-me novamente — não era outro senão o homem da casaca cinza.

Ele sorriu de meu atordoamento e prosseguiu, sem me dar chance de dizer alguma coisa: “Como é costume neste mundo, vamos deixar que vantagens mútuas nos unam por um instante; para a separação, sempre haverá tempo. Esta estrada ao longo da montanha, se ainda não pensou nisso, é a única que o senhor, sendo inteligente, poderia tomar. Descer para o vale o senhor não pode e, muito menos, vai querer atravessar a montanha, voltando para o lugar de onde veio. — E esta é exatamente a minha estrada. — Vejo que o senhor está ficando pálido com o nascer do sol. Quero emprestar-lhe sua sombra pelo tempo em que estivermos juntos e, em troca, o senhor irá tolerar minha companhia. Já que não tem mais Bendel ao seu lado, quero prestar-lhe bons serviços. É pena que o senhor não goste de mim. Justamente por isso pode aproveitar-se de mim. O demônio não é tão feio como se pinta. E verdade que ontem o senhor me irritou, mas hoje não quero dar-lhe o troco; eu já encurtei-lhe o caminho até aqui, o senhor mesmo tem de admitir. Vamos, aceite sua sombra por um momento e prove-a."

O sol tinha se levantado e pela estrada vinham pessoas em nossa direção; embora com uma repulsa íntima, aceitei a proposta. Sorrindo, ele deixou minha sombra deslizar ao chão e ela logo ocupou seu lugar sobre a sombra do cavalo, trotando alegre ao meu lado. Tinha uma sensação estranha. Passei cavalgando por um grupo de camponeses que, respeitosamente e descobrindo a cabeça, deram passagem àquele homem tão abastado. Prossegui em meu caminho e, com o coração palpitante, dirigi um olhar cobiçoso, do alto do cavalo, àquela que, no mais, era propriamente minha sombra e que, agora, eu tomara emprestada de um estranho — de um inimigo, melhor dizendo.

Este caminhava despreocupadamente ao meu lado, assobiando ao mesmo tempo uma canção. Ele a pé, eu a cavalo — sobreveio-me uma vertigem, a tentação era demasiado grande: virei as rédeas subitamente, meti as esporas e, em carreira desabalada, entrei por um desvio lateral.

Mas não levei a sombra comigo: com o deslocamento brusco, ela escorregou do cavalo e ficou na estrada, esperando seu proprietário legal. Envergonhado, tive de dar meia-volta. O homem da casaca cinza, depois de terminar tranqüilamente sua canção, riu-se de mim, ajeitou-me a sombra novamente e explicou que ela se prenderia a mim e ficaria comigo somente quando eu voltasse a possuí-la como legítima propriedade. "Eu o mantenho preso pela sombra", continuou ele, "e o senhor não vai se livrar de mim. Um homem rico como o senhor precisa de uma sombra, isto não pode ser diferente. O único ponto em que o senhor pode ser criticado é que não percebeu isso antes."

Prossegui minha viagem pela mesma estrada; voltaram a mim as comodidades e mesmo todo o esplendor da vida. Podia movimentar-me livre e facilmente, pois que tinha uma sombra, ainda que fosse apenas emprestada; ia infundindo por toda parte a veneração que a riqueza impõe. — Mas levava a morte no coração. Meu prodigioso acompanhante, que se apresentava como o indigno criado do homem mais rico do mundo, era de uma presteza extraordinária, desenvolto e habilidoso acima de todas as medidas, a verdadeira essência de um serviçal de gente rica. Mas ele não saía do meu lado e dirigia-me a palavra ininterruptamente, manifestando sem cessar plena confiança de que eu acabaria fechando o negócio com a sombra, ainda que fosse apenas para livrar-me dele. — Ele era-me tão aborrecido quão detestável. Temia-o verdadeiramente. Tornara-me dependente dele. Tinha-me nas mãos depois de me ter conduzido de volta à magnificência do mundo, da qual eu fugira antes. Tive de conformar-me com o seu falatório e quase cheguei a sentir que ele tinha razão. Um rico precisa ter uma sombra neste mundo e, portanto, tão logo eu quisesse assumir a posição à qual ele me induzira a dar valor de novo, só haveria uma saída à vista. Mas, depois de ter sacrificado meu amor, depois que a vida empalidecera para mim, eu estava seguro de uma coisa: não iria ceder minha alma àquela criatura, nem por todas as sombras do mundo.

Certa vez estávamos sentados diante de uma caverna que costuma ser visitada por gente de fora, quando passam em viagem pela montanha. Lá se ouvia o murmúrio de correntes subterrâneas, ecoando de profundezas insondáveis; a pedra que ali se atira parece não encontrar o fundo em sua queda ressoante. Como costumava fazer, ele ia pintando, com uma fantasia exuberante e com o encanto cintilante das mais esplendorosas cores, imagens cuidadosamente elaboradas de tudo aquilo que eu realizaria no mundo mediante minha bolsa, caso tivesse novamente a sombra em meu poder. Com os cotovelos apoiados sobre os joelhos, mantinha o rosto oculto entre minhas mãos e ia ouvindo aquele homem falso, com o coração dividido entre a sedução e a férrea vontade que havia em mim. Não podia agüentar mais tempo naquela cisão íntima e dei início ao combate decisivo:

"O senhor parece esquecer que eu, de fato, lhe dei permissão para ficar em minha companhia sob certas condições; mas, também, que eu quis preservar minha plena liberdade." — "Se essa for a sua ordem, eu vou embora." A ameaça lhe era habitual. Calei-me e ele se pôs imediatamente a enrolar de novo minha sombra. Empalideci, mas, sem dizer nada, deixei que continuasse. Seguiu-se um longo silêncio. Ele foi o primeiro a falar:

"Sei que o senhor não consegue suportar-me, que me odeia; mas por que o senhor me odeia? Será que é porque me atacou em plena luz do dia e, usando de violência, roubou-me o ninho de pássaro? Ou será porque, como um ladrão, tentou arrebatar minha propriedade: a sombra, que o senhor julgava ligada à sua mera honestidade? Eu, de minha parte, não o odeio por causa disso; acho muito natural que o senhor coloque em prática todas as suas possibilidades, toda a sua astúcia e poder. Que o senhor, de resto, tenha os mais rígidos princípios e pense como a própria honradez, isto é um capricho contra o qual nada tenho a objetar. — Na realidade, eu não penso de maneira tão rígida como o senhor: eu simplesmente procedo segundo aquilo que o senhor pensa. Ou será que alguma vez eu cravei meus dedos em sua garganta para apoderar-me de sua valiosa alma, que tanto desejo? Mandei um criado em seu encalço por causa de minha bolsa, que entrou naquela troca? Tentei fugir com ela?" Em relação a essas palavras, nada tinha a dizer; ele prosseguiu: "Está bem, meu senhor, está bem! O senhor não pode suportar-me; eu entendo muito bem e não o levo a mal. Precisamos nos separar, é claro; também o senhor está começando a se tornar maçante para mim. Portanto, para se livrar de vez de minha futura presença humilhante, aconselho-o mais uma vez: compre-me a coisa." — Estendi-lhe a bolsa: "Por esse preço eu compro." — "Não!" — Suspirei profundamente e retomei a palavra: "Que seja. Eu insisto, meu senhor, em que nos separemos; e não volte mais a atravessar meu caminho em um mundo que, espero, será suficientemente espaçoso para nós dois." Ele sorriu e respondeu: "Eu me vou, caro senhor; mas antes quero explicar-lhe como poderá chamar-me, se algum dia precisar de alguma coisa deste seu mais humilde servo: basta balançar esta bolsa de tal forma que tilintem aí dentro as eternas moedas de ouro; o som irá atrair-me imediatamente. Neste mundo, cada um só pensa em suas próprias vantagens; veja que eu estou interessado também nas suas, pois revelo-lhe abertamente um novo poder. Oh, esta bolsa! — E mesmo que as traças já tivessem corroído sua sombra, ela ainda seria um forte vínculo entre nós. Mas já é suficiente. O senhor me possui em meu ouro, também à distância pode dispor de seu criado. O senhor sabe que eu posso me mostrar muito prestativo a meus amigos e especialmente com os ricos eu me dou muito bem; o senhor mesmo viu. — Apenas sua sombra, cavalheiro — permita-me que o diga —, esta nunca mais, a não ser sob uma única condição."

Figuras dos velhos tempos desfilaram diante de minha alma. Perguntei-lhe rapidamente: "O senhor tinha uma assinatura do senhor John?" Ele sorriu. — "Com um amigo tão bom, não precisei de semelhante coisa." — "Onde ele está? Por Deus, eu quero saber!" Hesitante, ele enfiou a mão no bolso e de lá, puxada pelos cabelos, surgiu a figura pálida e desfigurada de Thomas John e palavras graves moveram seus lábios azuis e cadavéricos: "*Justo judicio Dei judicatus sum; justo judicio Dei condemnatus sum.*"[1] Horrorizei-me e, lançando a bolsa tilintante ao abismo, disse-lhe as últimas palavras: "Eu te esconjuro em nome de Deus, ser horrendo! Vai-te daqui e nunca mais apareças diante de meus olhos!" Ele levantou-se com uma expressão sinistra e desapareceu imediatamente atrás da massa de rochas que cercavam aquele lugar selvagem.

1. "Pelo justo juízo de Deus fui julgado; pelo justo juízo de Deus fui condenado" (em latim, no original). (N.T.)

9

Fiquei sem sombra e sem dinheiro, mas um peso opressivo tinha saído de meu peito e sentia-me sereno. Se não tivesse perdido também o meu amor — ou se ao menos não me julgasse culpado de sua perda — creio que poderia ser feliz; mas não sabia o que deveria fazer. Examinei os meus bolsos e encontrei ainda umas moedas de ouro; contei-as e dei uma risada. — O meu cavalo ainda estava lá na estalagem e eu tinha vergonha de voltar para aquele lugar; pelo menos deveria esperar o pôr do sol, que ainda estava alto no céu. Deitei-me à sombra de algumas árvores próximas e adormeci serenamente.

Inseridas em um sonho agradável, imagens graciosas entrelaçaram-se numa dança alegre. Mina, com uma coroa de flores nos cabelos, passou flutuando por mim e sorriu-me amavelmente. Também o honrado Bendel estava coroado com flores e passou deixando uma saudação amável. Via ainda muitos outros imersos em um alvoroço distante e, pelo que me parece, também a você, Chamisso. Surgiu uma forte luz, mas ninguém tinha sombra e — o que era mais estranho — não havia nisso nenhum mal — flores e canções, amor e alegria sob plantações de palmeiras... Eu não conseguia nem fixar nem distinguir aquelas figuras móveis, gentis e etéreas; sei, porém, que sonhei com muito gosto aquele sonho e que procurei não acordar; na realidade, já estava desperto e mantinha ainda os olhos fechados, para reter por mais tempo diante da alma aquelas aparições fugidias.

Abri finalmente os olhos; o sol ainda estava no céu, mas a leste — tinha dormido a noite toda. Tomei aquilo por um sinal de que não deveria voltar à estalagem. Sem nenhum pesar, dei por perdido aquilo que ainda possuía por lá e decidi seguir a pé por uma estrada paralela que atravessava o cume arborizado da montanha, deixando ao destino que cumprisse aquilo que me reservava. Não voltei a olhar para trás e, embora pudesse fazer aquilo, não pensei em recorrer a Bendel, que eu deixara rico. Analisei-me do ponto de vista da nova condição que deveria assumir no mundo. Minha roupa era bastante modesta. Tinha a velha e negra *kurtka* que eu usava em Berlim e que agora, não sei como, chegara às minhas mãos para essa viagem. No mais, trazia sobre a cabeça um boné de viagem e nos pés velhas botas. Levantei-me, cortei naquele mesmo lugar um cajado como recordação e imediatamente dei início à minha peregrinação.

Na floresta topei com um velho camponês, que me cumprimentou amistosamente e com o qual entabulei uma conversa. Como um viajante sequioso de conhecimento, informei-me primeiro a respeito do caminho, depois sobre a região e seus habitantes, os produtos da montanha e coisas semelhantes. Ele foi respondendo às minhas perguntas com inteligência e loquacidade. Chegamos ao leito de uma torrente que descia da montanha e que havia devastado uma extensa faixa da floresta. Arrepiei-me por dentro ao ver aquele espaço ensolarado; deixei o camponês ir na frente. Mas ele se deteve no meio daquele lugar perigoso e voltou-se a mim, para contar-me a história daquela devastação. Logo percebeu o que me faltava e estacou no meio de sua fala: "Mas o que se passa? O cavalheiro não tem sombra!" — "Infelizmente! Infelizmente!", respondi suspirando. "Durante uma grave e longa doença perdi os cabelos, as unhas e a sombra. Veja só, paizinho: em minha idade, os cabelos que me nasceram de novo, totalmente brancos; as unhas, tão curtas, e a sombra, que não quer mais crescer." — "Ora, ora!", replicou o velho, balançando a cabeça, "sem sombra, isto é mal. Foi uma doença grave, essa que o cavalheiro teve." Mas ele não prosseguiu em sua narração e, na primeira encruzilhada que apareceu, afastou-se de mim, sem dizer nenhuma palavra. Lágrimas amargas tremularam de novo em minhas faces e minha alegria acabou...

Continuei meu caminho com o coração entristecido e dali em diante não procurei mais a companhia de nenhuma pessoa. Mantinha-me na parte mais escura da floresta e algumas vezes, para atravessar uma faixa batida pelo sol, precisava esperar durante horas até que nenhum olho humano me impedisse a passagem. À noite eu procurava arrumar pousada nas aldeias. Na verdade, estava indo para uma mina na montanha, onde tencionava encontrar trabalho debaixo da terra; pois, deixando de lado o fato de que minha situação de então me obrigava a cuidar de meu próprio sustento, eu chegara à conclusão de que somente um trabalho extenuante poderia proteger-me de meus pensamentos destrutivos.

Alguns dias chuvosos favoreceram minha marcha, mas às custas das botas, cujas solas foram planejadas para o conde Peter e não para um criado que ia a pé. Já estava caminhando descalço. Precisava arranjar um par de botas novas. Na manhã seguinte cuidei desse assunto, com muito empenho, em um lugar onde havia uma quermesse e onde, em uma das barracas, botas novas e usadas estavam à venda. Escolhi e negociei um longo tempo. Tive de renunciar a um par novo, que muito gostaria de ter; assustou-me o preço elevado. Assim, contenteime com as botas velhas, mas ainda boas e resistentes, que um menino bonito, de cabelos louros e encaracolados — em serviço na barraca — entregou-me logo que eu o paguei; sorrindo amavelmente, desejou-me boa sorte pelo caminho.

Calcei-as imediatamente e saí daquele lugar dirigindome ao ponto que ficava no lado norte.

Totalmente absorto em meus pensamentos, mal via onde estava colocando os pés, pois ia pensando na mina de ouro onde esperava chegar ainda à tardezinha, sem saber ao certo como deveria apresentar-me. Ainda não tinha caminhado duzentos passos, quando percebi que saíra do caminho; olhei em volta para orientar-me: encontrava-me em uma floresta de pinheiros, selvagem e antiqüíssima, onde parecia que o machado jamais fora usado. Avancei mais alguns passos e vi-me no meio de rochedos solitários, cobertos apenas com musgo e saxifragáceas[1]

1. A erva saxifragácea é conhecida no Brasil como arrebenta-pedra ou quebra-pedra. (N.T.)

e entre os quais se estendiam campos de neve e gelo. O ar estava muito frio, relanceei os olhos pelos arredores e a floresta atrás de mim tinha desaparecido. Dei mais alguns passos — ao meu redor imperava um silêncio mortal, o gelo estendia-se a perder de vista e por toda aquela vastidão caía pesadamente um denso nevoeiro; à borda do horizonte via-se um sol ensangüentado. O frio era insuportável. Eu não sabia o que tinha acontecido comigo; o ar glacial obrigou-me a acelerar os passos. Distinguia apenas o rumor de águas distantes: um passo e eu estava na margem gelada de um oceano. Bandos incontáveis de focas precipitaram-se ruidosamente na maré, fugindo de mim. Seguindo por aquela margem, vi novamente rochedos nus, terras, florestas de abetos e pinheiros; corri ainda alguns minutos em linha reta. Fazia um calor sufocante, olhei em volta e achei-me entre belos campos de arroz e amoreiras. Sentei-me à sombra e olhei meu relógio: não fazia ainda quinze minutos que tinha deixado o local da quermesse — acreditava estar sonhando e mordi a língua para despertar; mas estava efetivamente acordado. — Fechei os olhos para repassar meus pensamentos. — Ouvi à minha frente estranhas sílabas anasaladas; levantei os olhos: dois chineses — inconfundíveis pelos traços asiáticos, caso eu não quisesse dar crédito às suas vestimentas — abordavam-me em sua língua com saudações próprias do país. Levantei-me e dei dois passos para trás. Não os vi mais, a paisagem estava completamente mudada: árvores e florestas em lugar dos arrozais. Contemplei as árvores e ervas que floresciam em meu redor; as que conhecia pertenciam à vegetação do Sudeste asiático. Quis chegar até uma árvore, dei um passo... e novamente tudo modificado. Procedi então como um recruta em treinamento e passei a caminhar lentamente, a passo contido. Terras maravilhosamente diversificadas, campinas, pântanos, montanhas, estepes, desertos arenosos iam se desenrolando diante de meus olhos admirados: não havia dúvida, eu estava com a bota de sete léguas.

10

Em muda devoção, caí de joelhos e verti lágrimas de gratidão, pois de repente o meu futuro apareceu nítido diante de minha alma. Excluído da sociedade humana por um erro da juventude, fui, como compensação, destinado à natureza que eu sempre amei; a terra foi-me dada como um rico jardim, o estudo como direção e força de minha vida e, como meta, a ciência. Não foi uma decisão tomada por mim. Desde então procurei configurar fielmente, com um empenho silencioso, perseverante e rigoroso, aquilo que, límpido e completo na imagem primordial, surgia diante de meu olho interior; e minha auto-satisfação dependia da coincidência do que era configurado com a imagem primordial.

Reuni minhas forças para, sem titubear e lançando um olhar rápido e abrangente, tomar posse do campo onde pensava colher no futuro. — Estava no alto do Tibete e o sol, que eu vira nascer poucas horas antes, já se inclinava aqui para o poente; alcançando-o em seu curso, atravessei a Ásia do oriente para o ocidente e cheguei à África. Examinei-a curioso e a percorri repetidas vezes e em todas as direções. Ao cruzar o Egito e contemplar boquiaberto as velhas pirâmides e templos, avistei no deserto, não muito longe da Tebas de Cem Portas, as grutas onde outrora viviam os eremitas cristãos.[1] De repente, veio-me um pensamento firme e claro: aqui é a sua casa. — Escolhi uma das mais escondidas, mas que era ao mesmo tempo espaçosa, confortável e inacessível aos chacais, como minha futura morada e dei prosseguimento às minhas atividades.

Perto das Colunas de Hércules[2] passei para a Europa e, depois de visitar suas províncias meridionais e setentrionais, transpus as geleiras polares, indo do norte da Ásia para a Groenlândia e América; cruzei ambas as partes deste continente e o inverno, que já tinha chegado ao sul, empurrou-me rapidamente, a partir do cabo Horn, de volta para o norte.

Esperei até que o dia raiasse sobre a Ásia oriental e, depois de um pequeno descanso, prossegui minha peregrinação. Através das duas Américas segui a cordilheira que engloba as mais elevadas escarpas que se conhecem em nosso globo. Caminhei lenta e cuidadosamente de pico a pico, ora sobre vulcões flamejantes, ora sobre cumes cobertos de neve, respirando quase sempre com dificuldade; alcancei o monte Elias[3] e saltei por sobre o estreito de

---

1. Em Tebas — que no século II a. C. foi a capital do Alto-Egito — viviam os anacoretas durante as perseguições aos cristãos. (N.T.)

2. Na antiguidade, *Colunas de Hércules* era o nome que se dava aos rochedos do estreito de Gibraltar. (N.T.)

3. O monte Elias, ou Santo Elias, fica na fronteira entre o Canadá e o Alasca. (N.T.)

Behring para a Ásia. — Acompanhei suas costas ocidentais ao longo de seus inúmeros recortes e investiguei com especial atenção quais das ilhas lá situadas me eram acessíveis. Da península de Malaca, minhas botas levaram-me a Sumatra, Java, Bali e Lombok.[4] Tentei — freqüentemente com risco e, no entanto, sempre em vão — abrir uma passagem a noroeste para Bornéu e para as outras ilhas desse arquipélago, passando sobre rochedos e sobre as ilhas minúsculas das quais esse mar está coalhado. Tive de abrir mão de todas as esperanças. Sentei-me por fim na ponta extrema de Lombok e, voltando o rosto ao sul e ao leste, chorei como se estivesse atrás das grades inexpugnáveis de meu cárcere, pois que tão cedo tinha encontrado meus limites. Tanto a Nova Holanda[5], vitalmente necessária para a compreensão da Terra e de seu revestimento produzido pelos raios solares — portanto para a compreensão do mundo vegetal e animal — assim como os mares do Sul com suas ilhas Zoófilas[6] estavam vedados a mim. Dessa forma, tudo o que viesse a reunir e construir estava condenado, já em sua origem, a permanecer mero fragmento. — Oh, meu Adelbert, o que são os esforços humanos!

Muitas vezes, no mais rigoroso inverno do hemisfério Sul, tentei vencer, partindo do cabo Horn e cruzando as geleiras polares em direção a oeste, aqueles duzentos passos que me separavam da terra de Van Diemen[7] e da Nova Holanda, não me importando tanto com o regresso, ainda que aquela terra

---

4. A ilha Lombok pertence ao arquipélago de Sonda. (N.T.)

5. Trata-se da Austrália. (N.T.)

6. São as ilhas Corais, nos mares do Sul — Chamisso conheceu-as alguns anos depois de ter escrito o *Peter Schlemihl*, por ocasião de sua viagem ao redor do mundo. (N.T.)

7. É a ilha Tasmânia, defronte ao sudoeste da Austrália. (N.T.)

inóspita se fechasse sobre mim como a tampa de meu caixão. Com louca ousadia, dava passos desesperados sobre o gelo movediço, oferecendo resistência ao frio e ao mar. Tudo em vão, ainda não estive na Nova Holanda — todas as vezes voltava a Lombok, sentava-me em sua ponta extrema e chorava novamente, voltando o rosto em direção do sul e do leste, como se estivesse atrás das grades inexpugnáveis de meu cárcere. Parti finalmente daquele lugar e, com o coração entristecido, penetrei de novo no interior da Ásia; atravessei-a em direção do ocidente, perseguindo a aurora, e cheguei, ainda de madrugada, na Tebaida[8], na casa que me estava destinada e onde eu estivera na tarde do dia anterior.

Assim que descansei um pouco e se fez dia sobre a Europa, minha primeira preocupação foi providenciar tudo o que precisava. — Em primeiro lugar, calçados que funcionassem como freios, pois eu tinha experimentado o desconforto de não poder diminuir o passo para examinar mais à vontade objetos próximos, a não ser tirando as botas. Um par de chinelos, calçados por cima, mostraram perfeitamente o efeito que eu esperava deles e, a partir de então, passei a levar sempre dois pares comigo, porque muitas vezes eu os tirava dos pés e não tinha tempo de recolhê-los, quando leões, homens ou hienas me surpreendiam em meio a pesquisas botânicas. Meu ótimo relógio funcionava, durante a curta duração de meus passeios, como um excelente cronômetro.[9] Além disso, precisava ainda de um sextante[10], alguns instrumentos de física e livros.

---

8. A região em torno de Tebas, que mais tarde passou a designar o Alto-Egito. (N.T.)

9. Relógio utilizado para a determinação da extensão geográfica. (N.T.)

10. Instrumento astronômico, com 1/6 do círculo, provido de dois espelhos e uma luneta; utilizado para medir a altura dos astros e em observações marítimas. (N.T.)

Para conseguir tudo isso fiz algumas arriscadas incursões por Londres e Paris, sempre envolto por uma névoa favorável.

Quando se esgotou o resto de meu ouro mágico, trouxe como pagamento marfim africano, que era fácil de ser encontrado. Tinha, obviamente, de escolher as presas menores, as quais não excediam minhas forças. Logo estava provido e apetrechado com tudo e assim comecei de imediato minha nova forma de vida como um erudito que faz pesquisas por conta própria.

Cruzei a Terra em todas as direções, medindo ora suas altitudes, ora a temperatura de suas fontes e do ar, ora observando animais, ora pesquisando plantas. Corria do Equador ao pólo, de um mundo ao outro, confrontando experiências com experiências. Minha alimentação mais comum consistia em ovos de avestruzes africanos ou de pássaros marítimos do norte e frutas, especialmente os cocos tropicais e bananas. Como sucedâneo para a felicidade ausente, tinha o tabaco e, em lugar do carinho e da convivência humana, o amor de um cão fiel, que guardava minha gruta na Tebaida e que saltava feliz sobre mim sempre que voltava carregado com novos tesouros, fazendo-me sentir de maneira genuinamente humana que eu não estava só no mundo. Mas minhas aventuras haveriam ainda de levar-me de volta para o meio dos homens.

11

Certa vez, quando colhia liquens e algas em costas próximas ao Pólo Norte, estando freadas minhas botas, um urso-polar surgiu subitamente do canto de um rochedo e avançou sobre mim. Depois de ter jogado os chinelos, quis saltar para uma ilha que ficava mais à frente, valendo-me para isso da passagem oferecida por um rochedo nu que emergia das ondas. Com um pé pisei firme no rochedo, mas caí pelo outro lado ao mar, porque não tinha percebido que um chinelo ficara preso ao outro pé.

Fui tomado por um intenso frio e com muito esforço salvei minha vida daquele perigo; tão logo cheguei a terra, corri o mais depressa que pude para o deserto da Líbia, na intenção de secar-me ao sol. Mas, expondo-me a ele, apanhei uma tal insolação na cabeça que voltei cambaleando para o norte, bastante doente. Através de deslocamentos bruscos, procurava proporcionar-me algum alívio e assim corria, com passos inseguros e rápidos, de oeste a leste e de leste a oeste. Ora encontrava-me em dia claro e ora em plena noite, ora no verão e ora em um frio invernal.

Não sei por quanto tempo fiquei cambaleando daquela maneira pela Terra. Uma febre ardente fervia em minhas veias, sentia com muito medo que a consciência estava me abandonando. Quis ainda a desgraça que tropeçasse no pé de alguém durante aquelas corridas tresloucadas. Devo ter-lhe causado dor; recebi uma forte pancada e caí ao chão. Quando recobrei a consciência, estava deitado em uma boa cama, que ficava em uma sala bonita e espaçosa, entre muitas outras camas. Alguém estava sentado à minha cabeceira; outras pessoas andavam naquela sala de uma cama a outra. Chegaram junto à minha e ficaram conversando sobre mim. Chamavam-me, porém, de Número Doze e na parede aos meus pés — tenho plena certeza, não era ilusão, pois podia ler claramente — havia uma lápide de mármore negro onde, em letras grandes e douradas, estava escrito o meu nome

PETER SCHLEMIHL

de maneira absolutamente correta. Na lápide, abaixo de meu nome, havia ainda duas fileiras de letras; mas sentia-me demasiado fraco para poder lê-las em conjunto e assim fechei novamente os olhos.

Ouvi lerem em voz alta e clara algo que tinha a ver com Peter Schlemihl, mas não pude captar o sentido daquilo; vi surgirem diante de minha cama um homem amável e uma mulher muito bela, usando um vestido negro. Aquelas figuras não me eram estranhas e não consegui reconhecê-las.

Passou-se um certo tempo e eu recuperei algumas forças. Chamava-me Número Doze, e Número Doze passava, por causa de sua longa barba, por um judeu, mas nem por isso foi tratado com menos cuidado. Parece que o fato de que ele não tinha sombra havia passado despercebido. Como me foi assegurado, minhas botas estavam muito bem guardadas — assim como tudo o que encontraram comigo quando fui levado para lá — e me seriam entregues depois de minha recuperação. O lugar onde eu me encontrava doente chamava-se Schlemihlium; o que se lia diariamente a respeito de Peter Schlemihl era uma exortação para se orar por ele, como fundador e benfeitor daquela instituição. O homem amável que eu tinha visto junto à minha cama era Bendel, a bela mulher era Mina.

Convalesci incógnito no Schlemihlio e fiquei sabendo ainda de mais coisas: estava na cidade natal de Bendel, onde ele, com o resto de meu ouro não propriamente abençoado, fundara em meu nome aquele hospital, onde pessoas infelizes me abençoavam, e ele próprio o dirigia. Mina ficara viúva; um infeliz processo criminal tinha custado a vida de Rascal e a maior parte da fortuna dela. Seus pais não existiam mais. Ela vivia aqui como uma viúva temente a Deus e realizava obras de caridade.

Certa vez esteve conversando com o senhor Bendel junto ao leito número doze: "Por que, nobre senhora, quer expor-se com tanta freqüência ao ar maligno que reina aqui? Será que o destino foi tão duro com a senhora a ponto de desejar morrer?" — "Não, senhor Bendel, desde que acabei de sonhar meu longo sonho e despertei em mim mesma, tenho me sentido bem; desde então não desejo mais a morte nem mais a temo. Desde então penso com alegria no passado e no futuro. Não é também com uma felicidade silenciosa e íntima que o senhor serve agora ao seu patrão e amigo com tanta devoção?" — "Sim, nobre senhora, graças a Deus. Passamos, de fato, por coisas muito estranhas; sorvemos irrefletidamente um grande bem e uma dor amarga de um cálice cheio. Agora ele está vazio. Poder-se-ia acreditar então que tudo foi apenas uma prova e que agora se deva, provido de lúcida consciência, esperar o verdadeiro começo. Acontece que esse verdadeiro começo é uma coisa muito diferente, e não se vai desejar de novo as primeiras ilusões; e, no entanto, é preciso sentir-se feliz por ter vivido tal como se viveu. Também encontro em mim a confiança de que o nosso velho amigo vive agora melhor do que naquela época." — "Eu também", disse a bela viúva, e afastaram-se de mim.

Essa conversa deixou-me uma profunda impressão; mas tinha dúvidas íntimas se devia revelar minha identidade ou se devia partir dali sem ser reconhecido. — Então me decidi. Pedi que me dessem papel e lápis e escrevi estas palavras:

"Também vosso velho amigo vive agora melhor do que naquela época; e, se ele expia, trata-se de uma expiação que reconcilia."

Em seguida, disse que queria vestir-me, já que estava mais forte. Trouxeram a chave do pequeno armário que ficava ao lado de minha cama. Lá dentro encontrei tudo que me pertencia. Vesti minhas roupas, amarrei o estojo de botânico — onde reencontrei, com alegria, os liquens nórdicos — em volta de minha *kurtka* negra, calcei minhas botas, coloquei o bilhete em cima da cama e, tão logo se abriu a porta, já me encontrava distante, a caminho da Tebaida.

Ao deixar para trás o caminho ao longo da costa síria, o qual eu tinha tomado ao partir de casa na última vez, vi meu pobre Fígaro[1] vindo ao meu encontro. Aquele excelente cão parecia querer seguir a pista de seu dono, depois

1. Fígaro era o nome do cachorro que Chamisso teve durante seu período como oficial do exército prussiano. (N.T.)

de esperá-lo por longo tempo em casa. Detive-me e o chamei. Ele saltou latindo sobre mim, com mil demonstrações comoventes de sua alegria inocente e transbordante. Coloquei-o debaixo do braço, pois ele certamente não poderia me seguir, e o levei comigo de volta para casa.

Lá encontrei tudo na velha ordem e, assim, fui voltando aos poucos, à medida que recobrava as forças, às minhas ocupações anteriores e à minha velha maneira de vida; só que, durante um ano inteiro, eu me abstive do frio polar, absolutamente insuportável para mim.

E assim, meu caro Chamisso, vou vivendo ainda hoje. Minhas botas não se desgastam, como a princípio me fez temer a erudita obra do famoso Tieckius, *de rebus gestis Pollicilli.*[2] Sua força continua inquebrantável; apenas as minhas vão indo embora. Mas tenho o consolo de tê-las empregado em uma finalidade que avança sempre e não de maneira infrutífera. Tanto quanto permitiram minhas botas, conheci a Terra a fundo, melhor do que qualquer homem antes de mim: sua conformação, suas altitudes, sua temperatura, as oscilações de sua atmosfera, os fenômenos de sua força magnética, a vida sobre ela, especialmente no reino vegetal. Expus os fatos com a máxima exatidão e obedecendo a uma ordem clara em várias obras; registrei minhas conclusões e concepções, de maneira mais ligeira, em alguns tratados. — Estabeleci a geografia do interior da África e dos países próximos ao Pólo Norte, do interior da Ásia e de suas costas orientais. Minha *Historia stirpium*

---

2. Chamisso refere-se aqui à obra *Vida e feitos do pequeno Thomas, chamado Pequeno Polegar* (1811), de Ludwig Tieck (1773-1853). O motivo das botas de sete léguas foi tomado dessa obra, citada por Chamisso em latim. (N.T.)

plantarum utriusque orbis[3] apresenta-se como um grande fragmento da *Flora universalis terrae*[4] e como elo de minha obra *Systema naturae*.[5] Com isso, acredito não apenas ter aumentado o número das espécies conhecidas em mais de um terço, como também ter feito algo pelo sistema natural e pela geografia das plantas. Atualmente trabalho com muito empenho em minha fauna. Tomarei providências para que antes de minha morte meus manuscritos sejam entregues à Universidade de Berlim.[6]

E você, meu caro Chamisso, eu o escolhi como depositário de minha história maravilhosa, de forma que ela possa, talvez, quando eu tiver desaparecido da Terra, servir como útil ensinamento a alguns de seus habitantes. Mas você, meu amigo, se deseja viver entre os homens, aprenda a respeitar em primeiro lugar a sombra — somente então o dinheiro. Mas, se quiser viver apenas para si e para o que há de melhor em seu interior, então não precisa de nenhum conselho.

Explicit [7]

3. *História da origem das plantas em ambos os hemisférios*. (N.T.)
4. *Flora de toda a Terra*. (N.T.)
5. *Sistema da natureza*: mesmo título da principal obra de Linné. (N.T.)
6. Chamisso, de fato, legou mais tarde uma parte de suas coleções de ciências naturais à Universidade de Berlim. (N.T.)
7. *Explicit*: abreviação de *Explicitus est liber* (o livro chegou ao fim, o livro terminou), observação final muito utilizada em manuscritos medievais e em incunábulos (N.T.)

Chamisso

Posfácio de Thomas Mann

Entre os nossos livros escolares havia um que, embora aparentasse ser tão sóbrio e ameaçadoramente objetivo como uma obra didática ou um compêndio, distinguia-se de todos os outros por uma bela simpatia pelas coisas humanas e pela acessibilidade de seu conteúdo. Ele era — que fato extraordinário! — um livro divertido; e sem qualquer intromissão aborrecida estava repleto, do começo ao fim, de coisas encantadoras e que cativavam de imediato. Nós o líamos sem que fôssemos obrigados, apenas por prazer; curiosos, antecipávamos aquilo que ele tinha a oferecer, antes que a discussão conjunta na classe chegasse àquele ponto. As aulas nas quais ele ficava aberto sobre as carteiras transcorriam sem perigo e eram quase uma diversão, os exercícios que se extraíam dele nos pareciam fáceis e aprazíveis, respondíamos ansiosos e com voz ágil às perguntas que ele propunha e aquele que, entre os colegas, se mostrava indiferente e incapaz — não era mesmo assim? — então, por mais aplicado que este se revelasse em qualquer outra matéria específica, a nós parecia que ele nunca deixaria de ser um companheiro estúpido.

Esse livro — que uma mão mais delicada e compreensiva do que era a regra devia ter acrescentado ao material didático prescrito — chamava-se simplesmente o *Livro de leituras alemão*. Ele nos foi dado com uma finalidade única e exclusiva: para que contemplássemos a língua, a nossa língua materna — ou, melhor dizendo, para que a espreitássemos no momento em que, sorrindo, ela se contempla a si mesma no poema. Em colorida confusão, o livro reunia uma série de boas histórias mediante uma exposição ritmicamente encadeada e ao mesmo tempo interrompida com elegância; se ele caísse de novo em nossas mãos, aposto que saberíamos ainda hoje abri-lo em nossas histórias favoritas, sem muito folhear.

Lá estava a burlesca balada daquele que tinha o coração pesaroso porque a trança lhe ficava atrás — ele queria que fosse diferente. A grave e picaresca anedota do "Parlamento dos Szekler" estava lá — e era como se sua leve e irrepreensível construção em forma de tercetos, com aquele verso isolado no final que tornava tudo tão feliz, nos tivesse transmitido a primeira idéia de mestria e perfeição. Não muito longe dali se encontrava o belo louvor a uma velha lavadeira, e algo mágico apoderava-se do nosso coração toda vez que entrava a estrofe final: "E eu, ao entardecer de minha vida, queria..." Trêmulos reflexos solares, assim nos parecia, brincavam em uma certa página, empenhados em trazer à luz um crime esquecido há muito. Longos versos falavam de Abdallah e dos oitenta camelos. O dervixe se juntava a ele (tanto mais fantasmagórico a nossos olhos porque não sabíamos exatamente o que era aquilo: um dervixe); e Abdallah foi em um único dia imensamente rico e mendigo cego, por culpa de sua cobiça. Havia ainda a história terrível, totalmente fantástica, do "Barbeiro Justo". E a infantil moça-gigante ajunta então com as mãos o camponês e o arado em seu lencinho estendido. Colocando-os sobre suas costas, as valentes mulheres de Winsperg levavam seus maridos para fora do portão da cidade. E por capítulos, em rimas que se atropelavam umas às outras, espraiava-se o poema mágico e onírico do primo Anselmo e sua ingratidão.

Debaixo de todas essas peças estava anotado, como sendo de seu autor, um nome que soava estranho: Chamisso. E a gente voltava a encontrá-lo sobre a luxuosa capa de um livro que se podia pegar na estante envidraçada que ficava na sala de fumar das casas. Mas neste havia certamente coisas que o amável livro escolar de forma alguma tinha para apresentar — coisas em parte tão horripilantes como a saga da cidadela submersa, por longo tempo o nosso poema favorito, precisamente por causa da "concubina insolente" que, de fato, era tão insolente a ponto de andar com sapatos feitos de excelente pão de trigo; e tanto mais diabólica nos parecia aquela mulher por não sabermos exatamente o que era aquilo: uma concubina. São as mais remotas impressões e sensações, maravilhosamente transfiguradas por uma imaginação infantil e em formação. Não sonhávamos infalivelmente, quando o estômago estava ruim, aquele sonho horrível dos homens de Zoptenberg? Então éramos nós que, em lugar do piedoso Johannes Beer de Schweidnitz, encontrávamos em uma sala cercada por cortinas escuras os três ressequidos pecadores sentados junto a uma mesa redonda, sob o brilho pálido de uma lâmpada: víamos entreabrir-se a cortina atrás da qual estavam horrivelmente amontoados os despojos de suas ações perversas, esqueletos e crânios; e entendíamos latim o suficiente para que nossa pele se arrepiasse quando os três malfeitores balbuciavam seu sombrio *Hic nulla, nulla pax!*[1] Hoje contemplamos de novo essas estrofes e nossa admiração não é menor do que naquela época. Que trabalho mais exemplar! A forma condensada e cheia de vida com que se colocou o diálogo indireto em versos! Com que sabedoria parcimoniosa foram escolhidos e empregados os meios lingüísticos que são apropriados para provocar medo e horror! O sopro frio e pavoroso daquele lugar suspeito, a tristeza rígida e trêmula dos amaldiçoados, aquele balbuciar, ranger de dentes, estremecer, calar, pressentir, horrorizar e emudecer — quão magistral não é isso tudo!... Mas quando chegava o entardecer, sentávamos na poltrona e ouvíamos a mãe executar ao piano as suaves canções do ciclo *Amor e vida de mulher*.[2]

Mas o poeta cujo nome tão cedo penetrou em nossas vidas, o escritor alemão que é apresentado aos nossos meninos como primeiro e valioso modelo, era um estranho, um estrangeiro. Canções francesas soaram em seu berço. O ar, a água, os alimentos da França formaram seu corpo, o ritmo da língua francesa conduziu todos os seus pensamentos e sentimentos até ele tornar-se adolescente. Somente então, com quatorze anos, ele veio a nós. Em nossa língua ele nunca chegou a uma fluência oral. Ele contava em francês. Diz a tradição que, ao produzir, sempre declamava suas imagens em francês e em voz alta, antes de moldá-las em verso — e, contudo, resultava daí poesia alemã de mestre.

1. Aqui não há paz, nenhuma paz! (em latim, no original). (N.T.)

2. *Frauen-Liebe und-Leben*: obra poética de Chamisso composta de nove canções. Foram musicadas por Robert Schumann. (N.T.)

Isto é espantoso — mais ainda, não se conhece coisa igual. Têm-se exemplos de homens de espírito que, atraídos simpaticamente pelo gênio de um povo estrangeiro, trocaram de nacionalidade, aprofundaram-se de corpo e alma nos problemas, nas idéias da raça a que estão ligados por afinidades eletivas e aprenderam a manejar a pena de maneira correta, até mesmo elegante, em uma língua que não era a de seus pais. Mas o que significa correção, elegância, em face da profunda familiaridade com as últimas sutilezas e segredos de uma língua, daquela sublime intimidade em relação ao som e ao movimento, ao efeito de reflexo que as palavras exercem entre si, ao seu sabor sensual, ao seu valor dinâmico, estilístico, bizarro, irônico e patético, em face daquela mestria — para condensar em uma palavra o que é impossível de se analisar — no instrumento delicado e poderoso da língua, mestria que consuma o artista da palavra e que é necessária ao poeta! Aquele que nasceu para a missão de enriquecer as belas letras de seu povo irá defrontar-se, desde cedo, com sua língua materna de uma maneira especial. A palavra que está dada, que pertence a todos e que, todavia, parece pertencer mais a ele do que a qualquer outro, em um sentido mais íntimo e deleitoso — esta palavra é o seu primeiro assombro, seu prazer mais remoto, seu orgulho infantil, o objeto de seus exercícios secretos e não elogiados, a fonte de sua vaga e estranha superioridade. No que diz respeito a uma relação individual e incomum com as palavras, pode ser que aos quatorze anos muita coisa preparatória se tenha processado em silêncio. E, nessa idade, ser deslocado para o meio de um povo estranho, para uma zona com língua e caráter estranhos! E se, oriunda de algum lugar, já existia uma simpatia latente quando, inconsciente e involuntariamente, se realizou a adaptação interior ao ritmo alemão, às leis alemãs de pensamento — quanto trabalho consciente, quanta luta e empenho pelos favores de nossa língua não foram ainda necessários para que, de um rapaz francês, surgisse um poeta alemão!

Também ele vacilou durante longo tempo, por um longo tempo considerou um atrevimento contemplar-se seriamente como pertencente ao parnaso alemão. Tem quarenta e um anos quando escreve a um amigo francês: "Quando éramos jovens, eu queria ser poeta; você também fazia versos alemães. Será que você deixou essas asas se recolherem? Quanto a mim, não totalmente. Eu ainda canto canções que vão me ocorrendo e estou inclusive, com vistas ao futuro, reunindo essas rosas do tempo em um herbário, para mim e os meus queridos; mas isso fica entre quatro paredes, como deve ser." Cinco anos depois escreve à irmã de Varnhagen: "Que eu não era e não sou poeta — está claro; mas isto não exclui o sentido." E já no ano seguinte (1828), com o crescente interesse do público: "Quase chego a acreditar que sou um poeta alemão." Percebe-se em sua voz o orgulho, a felicidade ainda cética com que ele sente a coroa em seus cachos, a veneração perante a dignidade que o aplauso da nação o exorta a aceitar. Um poeta alemão: naquela época isso significava alguma coisa. A palavra do povo dos poetas e pensadores estava em seu pleno prestígio. O romantismo imprimira sua marca ao conceito europeu de poesia. Poesia... isto era romantismo. Mas romântico... isto era alemão. A equivalência dos conceitos "ser poeta" e "fazer versos alemães" — realizada com despreocupação naquele trecho da carta — é sintomática. Nunca um epíteto se fundira mais intimamente com seu substantivo do que na expressão "poeta alemão". Ser alemão: isto quase significava ser poeta. Mas ainda mais: ser poeta quase que já chegava a significar ser também alemão. Isto pode ajudar-nos a esclarecer o fato assombroso de o talento poético de um estrangeiro ter conseguido, de maneira tão feliz, deitar raízes no reino da língua alemã!

***

A biografia de Chamisso encontra-se poeticamente fechada naquele belo poema que levou um rei sensível às lágrimas e que traz como título "O Castelo Boncourt". Retrata um velho feudo na Champagne, cujo castelo cercou a infância do poeta e em cujo lugar passa atualmente o arado; o poema se dispõe, melancólico mas sem amargura, a abençoar o chão querido, agora destinado à fertilidade, a abençoar o agricultor que o trabalha. E ao final ele mostra o neto desterrado dos senhores von Chamisso de Boncourt que, com aquela resignação melancólica que ficava tão bem no poeta romântico, se recompõe para percorrer as imensidões da terra, feito um cantor errante e com a lira na mão.

O menino nasceu no ano de 1781 e foi batizado com o nome de Louis Charles Adelaide. Banida em 1790 pela situação política adversa, a família vaga errante durante anos, sob privações, pelos Países Baixos, Holanda, Alemanha, e por fim vem parar na Prússia. Lá, em Berlim, o jovem Adelaide ou Adelbert consegue em 1796 um posto como pajem da rainha-esposa de Frederico Guilherme II. Dois anos mais tarde inicia sua carreira como porta-bandeira em um regimento de infantaria berlinense e em 1801 é promovido a tenente. Quando o Primeiro Cônsul autoriza o regresso dos pais à França, Adelbert fica para trás.

Parece que sua produção poética começou por essa época. Ele escreve versos franceses, depois alemães. Vão se constituindo amizades com jovens de mentalidade semelhante, Varnhagen e Hitzig, e o fruto dessa confraternização é um *Almanaque das musas*, publicado de 1804 a 1806, que, mesmo com seu conteúdo imaturo, vale a Chamisso o acolhimento paternal de Fichte. Estudos privados, direcionados ao grego, ao latim e ocasionalmente às línguas vivas da Europa, desenvolvem-se em paralelo. E então os desdobramentos da guerra vêm interromper a dedicação às musas.[3] Chamisso participa da campanha de Weser, é feito prisioneiro em Hameln, dá baixa no serviço militar e retorna a Berlim, onde ele — que nesse meio tempo ficara órfão — passa anos na solidão e inatividade, desorientado em relação ao seu futuro. Um convite para a terra de seus pais — Napoléonville —, para ser professor no liceu local, tira-o dessa situação insuportável. Ele se apressa a partir para a França, da qual seu coração deve ter sentido nostalgia nos dias de seu tormento berlinense — ou talvez tenha apenas acreditado que deveria sentir nostalgia. Esse posto como professor não dá em nada. O jovem *homme de lettres* é conduzido ao círculo de Madame de Staël[4], esta "grandiosa e maravilhosa mulher", a quem

3. Trata-se da guerra contra a França, que começa no outono de 1806. A 14 de outubro desse ano têm lugar as batalhas de Jena e Auerstedt, que terminam com a vitória do exército popular napoleônico sobre as tropas prussianas. (N.T.)

4. Germaine Necker, baronesa de Staël-Holstein (1766-1817). Escritora francesa de mentalidade liberal; foi amiga e companheira de August Wilhelm Schlegel (1767-1845), um dos principais teóricos do romantismo alemão. Com sua obra *De l'Allemagne* (1813), Madame de Staël contribuiu enormemente para a difusão da cultura alemã. (N.T.)

admira também como uma força rebelde ao imperador. Ele segue os desterrados para Genebra e Coppet. E de lá escreve ao rebento de normandos Fouqué: "Aqui eu vivo, amo, prossigo meu sereno caminho alemão; em nenhum lugar me senti mais maciçamente alemão do que em Paris." Também por livre iniciativa, ele retorna em 1812 a Berlim, onde dá continuidade na universidade aos estudos de ciências naturais, que iniciara na França. Os acontecimentos de 1813 e 1815[5], dos quais ele não pode participar ativamente, o "dilaceram" — como é formulado em um *curriculum vitae* elaborado por ele mesmo — "repetidas vezes e de todas as maneiras". "Aquilo que meus amigos mais próximos me gritavam ao marcharem para a primeira batalha, eu digo agora para mim mesmo: a época não tem nenhuma espada para mim; mas é desgastante ter de permanecer um ocioso espectador dessa mobilização popular entusiasmada pelas armas." Envergonhado, em discórdia consigo mesmo, ele se retira à solidão. É uma penosa repetição daqueles tempos difíceis e intranqüilos após sua saída do exército. Para onde ir? Ele não pode ser alemão e, contudo, sente a pátria francesa como sendo o estrangeiro. Cai-lhe então em mãos um jornal que traz notícias sobre uma expedição exploratória russa "para o Pólo Norte", sob o comando de Otto von Kotzebue. Ele fica atento, amigos correm para intermediar, até mesmo o conselheiro de

5. Thomas Mann refere-se aqui às guerras de libertação contra a ocupação napoleônica, iniciadas após o fracasso da Campanha da Rússia. Em outubro de 1813 o exército de coligação européia — do qual também a Prússia faz parte — derrota Napoleão em Leipzig, na assim chamada "Batalha dos Povos". No verão de 1815 ocorre a Batalha de Waterloo, na qual Napoleão é definitivamente derrotado pelos exércitos aliados. (N.T.)

Estado August von Kotzebue em Königsberg é mobilizado; e assim um antigo e nostálgico sonho de Chamisso concretiza-se inesperadamente quando ele — em junho de 1815 — é nomeado naturalista na viagem exploratória a ser empreendida pelos mares do Sul e em redor do mundo. Hamburgo, Copenhague, Plymouth, Tenerife, Brasil[6], Chile, Kamtschatka, Califórnia, as ilhas Sandwich, Manila, o cabo da Boa Esperança, Londres, Petersburgo: são três anos que propiciam imensa satisfação ao gosto romântico por peregrinações, à nostalgia pelo exótico — seguramente os anos mais ricos e aprazíveis de sua vida, os quais enchem os depósitos de seu espírito com uma dádiva inesgotável de imagens e temas, e que alicerçam toda a sua produção futura com um imaginário sensível. O fruto literário imediato desses anos é o delicado diário *Viagem ao redor do mundo*, como fruto científico aparece o volume *Observações e opiniões durante uma viagem exploratória sob o comando de Kotzebue*; o seu resultado mais importante foi, todavia, de natureza humana e pessoal: consistiu no fato de que o sentimento de pátria de Chamisso, que oscilara durante tanto tempo, se decidiu para sempre — e se decidiu pela Alemanha. Gosto por peregrinações e amor pela pátria não apenas não são coisas contraditórias, como inclusive chegam a ser sentimentos afins e aparentados, que exatamente na alma romântica estão aconchegados em igual medida e se incendeiam e alimentam mutuamente. O coração terno e carente de vínculos de Chamisso tinha

6. Chamisso esteve no sul do Brasil entre 12 e 28 de dezembro de 1815. Narra as suas impressões e observações sobre a fauna e a flora, pessoas e costumes brasileiros no 4º capítulo de sua *Viagem ao redor do mundo*, intitulado “Viagem de Tenerife ao Brasil. Santa Catarina”. (N.T.)

sofrido sob a cisão da nacionalidade dupla, sob a indecisão a respeito do chão onde ele deveria repousar um dia: as peregrinações ensinaram-lhe que, ao dirigir pensamentos e sentimentos "para casa", era para a Alemanha que ele os dirigia; que todas as suas inclinações e esperanças, língua, ciências e amizades o ligavam a essa pátria e que por um ato do destino ele se tornara, no íntimo de seu coração, um verdadeiro alemão. Nós, contemporâneos, nós que acreditamos menos no coração e muito mais em raça e sangue[7] — e que talvez tenhamos exagerado ao elevar essa crença à superstição —, podemos nos inclinar aqui ao ceticismo; e hoje, de fato, sob a pressão de uma devoção generalizada perante o poder unificador do sangue, o caso Chamisso dificilmente seria possível, mesmo de um ponto de vista subjetivo. É suficiente, porém, que na época ele foi possível e que a experiência interior do poeta — como toda forte verdade pessoal — tenha conseguido se manter e afirmar também objetivamente: isto é, através de sua obra em alemão.

Os versos nos quais ele saúda a "pátria alemã" quando de sua chegada em Swinemünde — outubro de 1818 — e em troca de "tanto amor" pede-lhe apenas que lhe permita, algum dia, encontrar em seu solo a pedra sob a qual ele possa encobrir a cabeça para o sono — esses versos são os mais belos, mais comovidos e comoventes que ele jamais escreveu; e treze anos mais tarde, aos cinqüenta anos, agradece com os mesmos acordes interiores à "sua querida pátria alemã" por todas as amabilidades que ela concedeu ao "hóspede em posição de reverência". Estas

7. Alusão de Thomas Mann às teorias raciais em voga no início do século XX que apregoavam a superioridade da raça ariana. (N.T.)

não foram poucas e parece que à serenidade interior vieram juntar-se de imediato felicidade e bem-estar. Frederico Guilherme da Prússia, há tempos um admirador de sua arte, toma-o sob sua proteção, nomeia-o adjunto do Jardim Botânico, diretor do herbário real, e remunera-o satisfatoriamente. O apátrida constitui um lar, se casa, uma casinha torna-se sua, e "o modesto, pequeno espaço abarca o despertar de uma vida nova, alegre e rica". Paz e consideração revigoram-no, sua fama de poeta cresce, em dignidade e disciplina seu talento desdobra-se até a mestria e, tomado pela admiração, seu colega mais genial — Heinrich Heine — declara que Chamisso "rejuvenesce com os anos, tornando-se cada vez mais florescente". Venerado pela geração posterior de literatos, da qual foi um afetuoso conselheiro e incentivador, publicou a partir de 1832, com Schwab e Gaudy, o *Almanaque alemão das musas* e em 1835 foi nomeado para a Academia de Ciências. Mas presságios da morte começaram a manifestar-se em sua poesia. "Sonho e despertar", escrito em 1837, é a retrospectiva melancólica e alegre de alguém que sente ter atingido sua meta. Ele sofria dos pulmões e expirou no alto verão de 1838, no auge de sua fama. Cinqüenta anos depois Berlim — que podia considerá-lo como um filho — erigiu-lhe um monumento na praça Monbijou.

Era um homem alto, suave, com cabelos longos e escorridos e traços nobres, quase formosos. Capaz de ser um bom amigo de crianças e selvagens, conservava uma lembrança entusiasmada dos insulanos de Radak[8], dos quais tinha sido hóspede e cuja beleza e proximidade à natureza

8. Radak ou Ratak: trata-se do grupo oriental das ilhas Marshall, na Oceania. (N.T.)

ele enaltecera ao estilo de Rousseau; dizia do indígena Kadu, habitante das ilhas Ulea — que o servira nos mares do Sul —, que era "um dos mais belos caracteres que tinha encontrado na vida e uma das pessoas que mais amou". Seus trabalhos científicos, por exemplo um *Panorama das plantas mais úteis e mais prejudiciais que crescem no norte da Alemanha, silvestres ou cultivadas,* são considerados "valiosos". Mas o seu nome vive como sendo o de um poeta.

* * *

A poesia completa de Chamisso — que ele se decidiu a publicar somente em 1831, aos cinqüenta anos — é lírica autêntica apenas em uma parte mínima. Canções, no sentido estrito, são poucas e nem sempre felizes; o elemento hínico, ditirâmbico, de êxtase está totalmente ausente. A maioria significativa de seus trabalhos tende a um épico contido, a uma objetividade elaborada; introduções e prelúdios como, por exemplo:

Eu já estou velho, a marcha do tempo faz-me recordar
Histórias ocorridas há muito tempo
E eu as conto, ainda que ninguém preste atenção.
Assim, sei pelas crônicas e poemas
Como era a situação em Ferrara, durante a peste,
E quero dizer uma palavra sobre isso.

são característicos de sua atitude poética, e mesmo o lírico florido de *Amor e vida de mulher* ou *Canções e imagens da vida* fundiu-se em composições épico-dramáticas, em unidades de canto e contracanto, em monólogos e réplicas. O que chama a atenção é a oposição brusca, quase patológica, entre a delicadeza silfídica dessa parte da produção de

Chamisso e, pelo outro lado, uma busca verdadeira por temas violentos, até mesmo macabros. Entende-se que a opinião pública não o tenha censurado a partir daquele extremo, mas sim pelo outro; e pessoas bem-intencionadas, buscando justificá-lo, citaram a amizade que o unia ao criminalista Hitzig: é que teria sido este que, através de suas leituras, abastecera o poeta sedento por conteúdos com motivos tão exóticos e sanguinolentos. A desculpa é tão frágil quanto a acusação — que aliás atingiu também a Heinrich von Kleist. Antes, poder-se-ia afirmar que a amizade com um redator de revistas criminalísticas foi exatamente uma conseqüência do anseio de Chamisso por experiências objetivas no campo da anormalidade e do horror. Pois a delicadeza extrema e o brutal são necessidades complementares da constituição romântica, ávida por estímulos, e é precisamente esse contraste, apenas ele, que leva a obra de Chamisso — latinamente clara, racional e fechada — ao âmbito espiritual do romantismo.

Poemas que manifestam uma tal queda por temas medonhos são, por exemplo, "Don Juanito Marques Verdugo de los Leganes", a história — apresentada também por Balzac — de um jovem grande de Espanha que, movido por razões heróicas, encarrega-se de executar na própria família a sentença de morte francesa; também "Vingança", a anedota verdadeiramente aflitiva do carrasco que marca o conde adormecido, o qual seduzira sua filha, com o estigma da vergonha; ou ainda a famosa construção em tercetos "Salas y Gomez", que — publicada pela primeira vez em 1829, no *Almanaque das musas* de Wendt — causou verdadeira sensação no mundo das letras e consolidou para sempre a posição literária de seu autor. Hoje não compreendemos inteiramente a admiração que na época foi dispensada a essa terrível robinsonade. O seu valor poético não é um pouco problemático? O que realmente facultou ao poeta transfigurar com sua arte a lamentável história do jovem comerciante que, após o naufrágio de seu navio, vem parar em uma ilha povoada apenas por aves aquáticas, atinge aí cem anos de idade e registra seu infortúnio em três lousas de pedra? Durante sua viagem pelo mundo ele viu os penedos nus de Salas y Gomez e, arrepiando-se, disse a si mesmo que alguém banido naquele lugar conseguiria com certeza manter-se vivo por muito tempo com ovos de pássaros. Motivo suficiente para que recheasse mais de trezentos versos com esse calafrio, mas não inteiramente suficiente para que consideremos a coisa especialmente interessante. Mas o que também nós admiramos sem reserva é a forma do poema, o componente mineral dessa linguagem, e é certo que — assim como Platen[9] escreveu os sonetos alemães mais perfeitos — Chamisso merece ser considerado, em nosso âmbito lingüístico, como o mais magistral artesão de tercetos.

Aliás, ele não era formalista e, como artista consciencioso, não cultivou o artificial. O gazel por exemplo, no qual Rückert[10] e Platen brilharam, não aparece em sua obra; outras formas clássicas — o soneto, a ode sáfica, a estrofe nibelunga — sofrem um recuo. E o mais apaixonante, como em toda lírica, são duas ou três coisas muito simples do ponto de vista formal e aparentemente desprovidas de arte,

9. August, conde de Platen-Hallermund (1796-1835), poeta lírico tido como virtuose em todos os metros. Seus *Sonetos venezianos* (*Venezianische Sonette*) são considerados, do ponto de vista formal, os melhores sonetos em língua alemã no período que vai do Barroco a Rilke. (N.T.)

10. Friedrich Rückert (1789-1866), considerado como precursor do parnasianismo nos países de língua alemã. Teve algumas de suas canções musicadas por Schumann. (N.T.)

sonhadas com leveza e que terminam rapidamente, mas trêmulas de sentimentos e de rara ousadia em sua simplicidade, como toda confissão:

O que devo dizer?
Meus olhos estão turvos, minha boca muda,
Tu me mandas falar — que seja assim.
Teus olhos são claros, tua boca vermelha,
E tudo o que desejares será uma ordem.
Meus cabelos estão grisalhos, meu coração ferido,
És tão jovem, tens tanta vida.
Tu me mandas falar, e isso me é tão penoso,
Vejo-te, e estremeço todo.

"A velha lavadeira" é com certeza o poema mais popular de Chamisso; "Salas y Gomez" valeu-lhe o aplauso dos especialistas; mas um nome europeu, até mesmo fama mundial, proporcionou-lhe um trabalho em prosa, uma narrativa — exatamente o pequeno livro que estamos apresentando ao público alemão[11], convictos, por experiência própria, do efeito íntimo e imediato que ainda hoje, quase cem anos após sua publicação, ele consegue exercer.

* * *

A história maravilhosa de Peter Schlemihl foi redigida — antecipando informações histórico-literárias — no ano de 1813: por uma época em que o poeta, mergulhado em

11. Thomas Mann escreveu este ensaio como prefácio a uma edição do *Schlemihl* publicada em 1911 pela editora Fischer, em Berlim — *Peter Schlemihls wundersame Geschichte*, mitgeteilt von Adelbert von Chamisso. (N.T.)

desesperadora situação pessoal e política, desenvolvia trabalhos botânicos na propriedade da família Itzenplitz, com a qual mantinha laços de amizade. Ele próprio declarou que empreendera o trabalho literário para distrair-se e alegrar os filhos de um amigo (Eduard Hitzig). Existem mais alguns informes sobre pequenos fatos que deram o impulso para a criação da fábula. "Durante uma viagem", escreve Chamisso em uma carta, "perdi o chapéu, capote, luvas, lenço e toda a bagagem de mão. Fouqué perguntou-me se eu não havia perdido também a sombra e assim ficamos imaginando a desgraça que isso seria. Uma outra vez folheávamos um livro de La Fontaine, no qual um homem muito prestativo, em um grupo de pessoas, tirava do bolso tudo o que era pedido. Disse então que aquele sujeito, tratado com gentileza, tiraria também cavalos e coche do bolso. — O Schlemihl estava pronto e, sentindo-me enfadado e ocioso no campo, comecei a escrever." Wilhelm Rauschenbusch, o organizador da edição Grote das obras de Chamisso (em dois volumes) e que conhecera o poeta pessoalmente, acrescenta que um passeio feito certa vez por Chamisso e Fouqué em Nennhausen, na propriedade deste último, contribuiu decisivamente para o desenvolvimento da fábula. "O sol projetava imensas sombras, de tal forma que o pequeno Fouqué, pela sua sombra, parecia quase tão grande como o espichado Chamisso. Veja, Fouqué — diz então Chamisso —, e se eu enrolasse agora sua sombra e você tivesse que andar ao meu lado sem sombra? Fouqué achou a questão pavorosa e assim estimulou Chamisso a explorar burlescamente a idéia da ausência de sombra."

Necessidade de distração, bonomia de tio com algumas crianças, azar durante uma viagem, uma observação solta a respeito de um livro, uma brincadeira entre amigos, ócio e enfado — são motivos extremamente modestos para o nascimento de uma criação que se pode dizer imortal. E é assim, de fato, que nascem as histórias. Mas a história que nasceu aqui ganhou, sob as mãos do poeta, atributos para deleitar todo um mundo. Franceses e ingleses, holandeses e espanhóis a traduziram, americanos publicaram a tradução dos ingleses e na Alemanha ela foi reeditada com os desenhos de Cruikshank, o ilustrador de Dickens. Hoffmann, quando a história lhe foi lida, não teria desviado o olhar dos lábios daquele que lia, fora de si pelo prazer e suspense. Isto é muito plausível.

Seria permitido apresentar agora algumas lembranças, fazer antecipadamente algumas observações sobre os encantos da narrativa? Em primeiro lugar: as pessoas qualificaram o *Schlemihl* como conto de fadas, até mesmo conto de fadas para crianças, na medida em que se basearam na negligente declaração do poeta de que o teria escrito para os filhos de um amigo. O *Schlemihl* não é isto e, embora se aventure por um terreno indeterminado, é de natureza demasiado novelística, é, mesmo com sua feição grotesca, demasiado sério, demasiado moderno e apaixonado para poder ser incluído no gênero dos contos de fadas; por esses mesmos motivos — segundo nossa visão e experiência — ele não é especialmente apropriado para crianças. A narrativa inicia-se de maneira inteiramente realista e em uma atmosfera burguesa; e a verdadeira façanha artística do autor consiste no fato de que ele sabe manter essa cadência realista-burguesa, com máxima exatidão, até o fim e mesmo durante a exposição dos acontecimentos mais fabulosos: de tal forma que a história de Schlemihl se comporte como "maravilhosa" no sentido de um destino raro ou jamais ouvido — destino ao qual um homem errante foi conduzido pela vontade de Deus —, mas não como algo extraordinário no sentido do sobrenatural ou do mundo sem compromissos do conto de fadas. Já sua forma autobiográfica e confessional contribui para que sua reivindicação de verossimilhança e realidade apareça acentuada com mais rigor do que no conto de fadas com seu enredo impessoal. E, se fosse o caso de definir a história com a designação de um gênero, então — achamos nós — teria de se escolher o de "novela fantástica".

O motivo oriundo da leitura de La Fontaine é, logo nas primeiras páginas, empregado de forma feliz através da introdução inteiramente discreta do ser cinzento — aquele "homem de meia-idade, calado, magro, ressequido e alto" que durante a festa no jardim do senhor John, para a aversão do narrador, tira do bolso "apertado" de sua casaca, com humildade e presteza, não apenas uma carteira e uma luneta, mas também um tapete turco, uma confortável barraca de luxo e três cavalgaduras com as rédeas. É o diabo, e está desenhado de maneira sublime — precisamente na cena que se passa no prado aberto, entre ele e Schlemihl. Nada de pata de cavalo, coisas demoníacas e gracejos infernais. Um homem extremamente gentil, tímido, que fica vermelho (um traço deliciosamente convincente) ao introduzir a conversa decisiva por motivo da sombra e a quem também Schlemihl, oscilando entre respeito e terror, trata com uma cortesia aturdida. O que o singular entusiasta lhe oferece como escolha, em troca da sombra, são coisas boas e familiares: a autêntica raiz encantada, a mandrágora, os centavos mágicos, o táler-ladrão, a toalha do escudeiro de Rolando, um duende engarrafado, o chapeuzinho dos desejos de Fortunati, "recém-reformado, e assim novo e resistente"; e aqui a narrativa faz referências a motivos conhecidos, não propriamente questionáveis, de sagas e contos de fadas, obtendo dessa forma um novo acento de legitimidade e confiabilidade. O entorpecido Schlemihl escolhe a bolsa da fortuna e segue-se então aquele momento impagável em que o homem de cinza se ajoelha, com admirável habilidade desprende a sombra de Schlemihl da relva, da cabeça aos pés, e, depois de tê-la erguido, enrolado e dobrado, coloca-a por fim no bolso.

A questão é que todos — homens, mulheres e meninos de rua — percebem imediatamente que Schlemihl não tem sombra e por isso o cobrem de escárnio, compaixão, repugnância. Neste ponto eu não estou tão confuso como por exemplo em relação à bolsa da fortuna. Se eu topasse sob o sol com uma pessoa que não projetasse sombra, isto chamaria minha atenção? E se, de fato, me chamasse a atenção, eu não iria simplesmente me calar e, em silêncio, atribuir tal fato a causas ópticas que me são desconhecidas e que impedem aqui, casualmente, a aparição de uma sombra? Não importa! A verdadeira graça e o "achado" do livro localizam-se justamente na impossibilidade de se controlar e decidir tal questão; e, admitidos os pressupostos, tudo se sucede com uma lógica impressionante.

Pois o que se segue é a descrição de uma existência aparentemente privilegiada e invejável, mas miserável da perspectiva romântica, solitária, guardando por dentro um segredo sombrio — e jamais poeta algum soube, de maneira mais singela, verdadeira, sensível, pessoal, representar uma tal existência e trazê-la para tão perto de nossos sentimentos.

O decisivo nisso tudo é que o poeta conseguiu enredarnos tão completamente à concepção do valor e da importância de uma sombra saudável para a honradez de uma pessoa, que deixamos de sentir exagero em expressões como "segredo sombrio", mas — muito pelo contrário — enxergamos em um homem sem sombra o mais derrotado, o mais repugnante ser sob o sol. Vemos o rico Schlemihl, envolto em um imenso capote e com o chapéu enterrado até os olhos, sair de casa em uma noite enluarada, impulsionado pelo desejo mortificante de testar a opinião pública, ouvir seu destino da boca dos transeuntes. Nós o vemos encolher-se sob a compaixão das mulheres, o escárnio dos jovens, o desprezo dos homens, sobretudo dos mais corpulentos, "os quais projetam uma imensa sombra". Nós o vemos voltar cambaleando para casa, pois uma nobre moça, que de repente lhe dirige o olhar, esconde o lindo rosto com o véu ao perceber a ausência de sua sombra e passa por ele de cabeça baixa. Seu arrependimento por causa daquele negócio é infinito. E a narrativa eleva-se de novo a um de seus melhores momentos no incidente com o pintor, a quem Schlemihl pergunta, sob todos os pretextos, se ele não poderia pintar uma sombra artificial para uma pessoa; aquele, porém, lhe dá uma fria resposta: "Quem não tem sombra, que não saia ao sol — essa é a coisa mais sensata e segura", e o deixa com um olhar "penetrante".

Com as verdades mais essenciais é contado aqui como Schlemihl busca ajeitar-se razoavelmente com sua maldição. Em um momento de fragilidade ele confessa a seu criado, um rapaz de fisionomia leal, sua aviltante deformidade; e o valoroso criado, embora horrorizado, supera-se e decide, contra tudo e todos, permanecer ao lado de seu bondoso senhor e ajudá-lo na medida de suas forças. Ele o cerca de cuidados, por toda parte está à sua frente e ao seu lado, vê tudo de antemão e, sendo maior e mais forte do que Schlemihl, cobre-o rapidamente com sua magnífica sombra em momentos de perigo. Assim, torna-se possível a Schlemihl movimentar-se entre os homens e desempenhar um papel. "É verdade que tive de aceitar, para as aparências, muitas particularidades e caprichos", diz ele. "Mas tais coisas ficam bem no rico." Derrotas, humilhações não se fazem esperar. E não muito depois começa a se tecer aquele comovente episódio que constrói uma variação em torno de um tema imortal da poesia romântica, envolvendo-o em uma humanidade serena e burguesa: o amor de um homem marcado, perseguido, aviltado, amaldiçoado, por uma moça pura e ingênua.

É o desventurado idílio com a filha do chefe florestal, e aqui não fica faltando nenhum dos elementos que, tipicamente, pertencem ao desenvolvimento do tema — nem a cumplicidade inocentemente vaidosa da mãe e a proba incredulidade do pai, que "não quer subir tanto", nem as dores de consciência do pretendente, os pressentimentos da moça, suas tentativas delicadas de penetrar no segredo do amado e seu pedido de mulher: "Mas se estiver infeliz, prenda-me à sua miséria, para que eu o ajude a suportá-la!" Mas tudo tem alma nova, vida nova e aqui predominam uma tão dinâmica seriedade de expressão, um tal detalhe nas verdades, que o leitor se esquece completamente do caráter fantástico dos pressupostos, e também o poeta parece tê-los esquecido completamente. Em nenhum outro momento a narrativa é tão pouco conto de fadas como aqui, em nenhum outro momento tão inteiramente novela, realidade, vida autêntica, e alguns versos parecem pairar sobre essa prosa, angustiados, íntimos e de rara ousadia em sua simplicidade, como toda confissão:

Tu me mandas falar, e isso me é tão penoso,
Vejo-te, e estremeço todo.

A gente gostaria de narrar a história de novo, de colocar o dedo em cada parágrafo; mas então vem o conjunto.

Nada mais aprazível do que um final de capítulo em que o Medonho, "como se estivesse acostumado àquele tratamento", de cabeça baixa e ombros encolhidos, deixa em silêncio que o fiel Bendel castigue suas costas. Nada mais divertido do que aquele efeito final: "Compreendi então tudo o que havia acontecido. O homem devia estar carregando consigo o ninho encantado — o qual tem a faculdade de tornar invisível aquele que o segura, mas não sua sombra — e naquele instante o soltara." Ah, então foi isso!... E não se poderia pensar em um desfecho mais belo do que o imaginado pelo poeta, que é reconciliatório, mas ao mesmo tempo severo e muito distante do otimismo infantil do conto de fadas, onde tudo costuma terminar em júbilo nupcial e com aquele "e se não morreram...".

Schlemihl, "excluído da sociedade humana por um erro da juventude", não retorna de forma alguma a essa sociedade, nunca mais recobra sua sombra. Fica sozinho, sai pelo mundo para expiar, mas como sucedâneo para a felicidade burguesa ele é, por um piedoso ato do destino, conduzido à imensa natureza e passa sua vida a serviço da ciência. A exatidão geográfica com que o autor assinala as marchas de seu herói com as botas de sete léguas é igualmente um meio de apoiar com realismo a dimensão fantástica de suas indicações; e a pequena e brilhante idéia dos "sapatos-freios" é característica de sua perspicácia, assim como de sua arte discreta de tornar plausíveis os elementos de conto de fadas. Ao transferir, com a expressão mais inocente e despreocupada, o conceito de sapatos-freios[12] aos chinelos que Schlemihl calça

12. A palavra alemã *Hemmschuh* possui dois significados: designa uma espécie de chapa cuneiforme, com a forma de sapato (*Schuh*), utilizada como calço de veículos — posteriormente, passou a designar

por cima das botas, quando quer dar passos normais e não de sete léguas, todo o prodígio ganha um caráter de realidade burguesa que ele jamais possuiu no conto de fadas.

Schlemihl, portanto, um peregrino grotesco e grandiosamente satisfeito com sua sorte, movimenta-se pelo dorso da Terra em colossais marchas de estudo. Estabelece a geografia de territórios inexplorados, é um botânico e zoólogo de grande estilo e tomará providências para que antes de sua morte seus manuscritos sejam entregues à Universidade de Berlim. E ele diz: "Desde então procurei configurar fielmente, com um empenho silencioso, perseverante e rigoroso aquilo que, límpido e completo na imagem primordial, surgia diante de meu olho interior, e minha auto-satisfação dependia da coincidência do que era configurado com a imagem primordial." Aqui a fantástica improvisação da imaginação poética se torna confissão. E será que somente aqui?

Chamisso facilitou aos seus contemporâneos e à posteridade comprovar que, com o Schlemihl, ele estava falando de si próprio; agradou-lhe aludir repetidas vezes, através de traços exteriores, à identidade entre o poeta e o herói da fábula. Por que o fiel criado de Schlemihl tem de se chamar "Bendel"? O nome retorna em um poema que conta humoristicamente como Chamisso — então um jovem tenente — devaneava em suas horas de serviço debruçado sobre um livro de Homero:

---

o dispositivo usado para frear composições ferroviárias (em português, podemos traduzi-la aqui por "travão" ou, usando uma palavra que guarda a mesma relação etimológica existente no alemão, por "sapata"); em sentido figurado, *Hemmschuh* significa obstáculo, empecilho. Como observa Thomas Mann, Chamisso extrai um efeito surpreendente da palavra *Hemmschuhe* (no plural) ao empregá-la em sua acepção mais literal, exatamente como "sapatos-freios". (N.T.)

As botas, Bendel, depressa! Vejo aterrorizado
Que o coronel acaba de chegar.

Ele próprio, portanto, foi servido por um rapaz com esse nome. E por que ele descreve exatamente a sua pessoa, à exceção da negra casaca de amarrar, naquela carta a Hitzig em que conta fantasticamente como o peregrino sem sombra lhe trouxera em pessoa o manuscrito de suas memórias? O seu desmentido é quase que ainda mais alusivo. "Tenho a sombra", assegura ele no poema introdutório "Ao meu velho amigo Peter Schlemihl" —

Tenho a sombra que me é inata,
Não a perdi por um instante sequer.

E lamenta-se logo depois:

Embora inocente como uma criança, atingiu-me
O escárnio que eles tiveram por sua nudez. —
Será que somos assim tão semelhantes?! —
Eles gritavam atrás de mim: Schlemihl, onde está sua sombra?

Isto parece ser literalmente verdadeiro, pois Hitzig relata a Fouqué que um certo menino berlinense, com quem Chamisso fizera uma brincadeira na rua, gritou-lhe por fim: "Você vai ver só, Peter Schlemihl!"; e não se pode supor que essa popularidade de sua máscara tenha aborrecido o poeta. Poetas que se dão por inteiro querem, no fundo, que as pessoas os reconheçam; pois a glória de sua obra não lhes importa tanto como a glória de sua vida e de seu sofrer.

Mas quais são afinal as vivências e os sofrimentos que esse poeta teve em comum com o seu herói? Em que consiste a sua solidariedade íntima com o pobre Peter Schlemihl? Em que medida essa pequena obra é uma confissão, e o que significa a ausência de sombra? Desde o aparecimento do livro muitos quebraram a cabeça com isso; dedicaram tratados a essa questão e a responderam com excessiva segurança ao afirmarem que o homem sem sombra seria o homem sem pátria. Só que isso significa, no mínimo, fazer contornos demasiado rentes em volta do "significado mais profundo" de um motivo que, antes de tudo, nada mais era do que uma inspiração bizarra. O Schlemihl não é uma alegoria e Chamisso não era o tipo de homem a quem algo espiritual, uma idéia, representasse a coisa primeira em sua produção. "Somente a vida", esta era sua máxima, "pode apoderar-se de vida." Mas exatamente porque é assim, ele não teria conseguido, sem experiência viva, plasmar um burlesco motivo de conto de fadas em algo tão cheio de vida, tão verdadeiro enquanto novela; e necessidade de distração ou bonomia de tio, sozinhas, não lhe teriam possibilitado escrever a história, se ele não soubesse que se encontrava na situação especial de poder insuflar-lhe vida poética a partir de algo próprio e pessoal.

Mais uma vez: o que era esse algo próprio e pessoal? — Chamisso escreveu um encantador prefácio para a edição francesa do Schlemihl, onde ele diz, próximo do final, que sua narrativa caiu nas mãos de pessoas meticulosas, "qui, accoutumés à ne lire que pour leur instruction, se sont inquiétés de savoir ce que c'était que l'ombre".[13] E ele cita

13. "que, acostumadas a ler apenas para se instruírem, preocuparam-se em saber o que significava a sombra" (em francês, no original). (N.T.)

então, com expressão compenetrada, a definição de sombra dada por um alfarrábio erudito.

"De l'ombre

Un corps opaque ne peut jamais être éclairé qu'en partie par un corps lumineux, et l'espace privé de lumière qui est situé du côté de la partie non éclairée, est ce qu'on appelle ombre. Ainsi, l'ombre, proprement dite, représente un solide dont la forme dépend à la fois de celle du corps lumineux, de celle du corps opaque, et de la position de celui-ci à l'égard du corps lumineux. L'ombre considéré sur un plan situé derrière le corps opaque qui la produit n'est autre chose que la section de ce plan dans le solide qui représente l'ombre."[14] (Hauy, *Traité élémentaire de physique*, t. II, § 1002 et 1006.)

"C'est donc de ce solide" — observa Chamisso a respeito — *"dont il est question dans la merveilleuse histoire de Pierre Schlémihl. La science de la finance nous instruit assez de l'importance de l'argent, celle de l'ombre est moins généralement reconnue. Mon*

14. "Da sombra — Um corpo opaco não pode jamais ser iluminado por um corpo luminoso senão parcialmente e o espaço privado de luz, que está situado no lado não iluminado, é o que chamamos de sombra. Assim, a sombra propriamente dita representa um sólido cuja forma depende ao mesmo tempo da do corpo luminoso, da do corpo opaco e da posição deste em relação ao corpo luminoso. A sombra, considerada sobre um plano situado atrás do corpo opaco que a produz, não é outra coisa senão a secção deste plano no sólido que representa a sombra." (Hauy, *Tratado elementar de física,* t. II, § 1002 e 1006). (N.T.)

imprudent ami a convoité l'argent dont il connaissait le prix et n'a pas songé au solide. La leçon qu'il a chèrement payé, il veut qu'elle nous profite et son expérience nous crie: songez au solide."[15]

"Songez au solide!" Esta é, portanto, a irônica moral desse livro cujo autor sabia perfeitamente bem o que significa carecer de solidez, de estabilidade humana, de corpulência burguesa. No esboço autobiográfico que possuímos dele, Chamisso diz o seguinte: "Nos anos em que o jovem amadurece e se torna homem, encontrava-me só, inteiramente sem instrução — nunca havia freqüentado seriamente uma escola. Fazia versos... Perdido em mim mesmo, sem posição e sem atividade, abatido e destroçado, passava em Berlim um período juvenil sombrio." Ele conheceu os tormentos de uma existência problemática que, sem a perspectiva de carreira e futuros regulares, não consegue se orientar e experimenta por toda parte, com a auto-estima ferida, escárnio e desprezo, especialmente por parte dos gordos, sólidos, "os quais projetam uma imensa sombra". Ele talvez possuísse concepções ainda mais especiais a respeito da irrealidade flutuante e da não-solidez de sua existência. Francês de nascimento, ele se integrara na Alemanha e pôde dizer a si mesmo que, se assim quisesse o destino, teria podido integrar-se igualmente bem em qualquer outro

15. "É deste sólido que se trata na história maravilhosa de Peter Schlemihl. A ciência das finanças instrui-nos suficientemente sobre a importância do dinheiro; a da sombra é menos reconhecida no geral. Meu imprudente amigo cobiçou o dinheiro, cujo valor ele conhecia, e não pensou no sólido. A lição — que pagou caro — ele quer que nós a aproveitemos e sua experiência nos conclama: pensai no sólido!" (N.T.)

lugar. Chamisso declara textualmente, em um de seus escritos, que encontrou em si o dom "de sentir-se por toda parte como se estivesse em casa". E isto talvez esteja em relação com a extraordinária vocação para todas as línguas possíveis que se constatou nele, do alemão ao havaiano. O que ele era, quem era ele no fundo? Tudo e nada ao mesmo tempo? Um ser despersonalizado, indescritível, por toda parte familiar e, contudo, sempre impossível? Houve certamente dias em que ele não se teria admirado se, por pura indeterminação e irrealidade, não chegasse sequer a projetar sombra.

A sombra, transformou-se no *Peter Schlemihl* em símbolo de solidez burguesa e agregação humana. Ela é mencionada ao lado do dinheiro, como algo a ser respeitado caso se queira viver entre os homens e do qual só se pode desprender aquele que esteja disposto a viver exclusivamente para si e para o que há de melhor em seu interior. Aos burgueses, como se diria hoje, aos filisteus, como diria o romântico, está dirigida a irônica exortação: "Songez au solide!" Mas ironia significa quase sempre construir uma superioridade a partir de uma carência, e o livrinho todo — que nada mais é do que uma descrição profundamente vívida dos sofrimentos de um ser marcado e excluído — demonstra que o jovem Chamisso soube dignificar de forma dolorosa o valor de uma sombra saudável.

E então uma lhe coube por sorte! No belo poema através do qual o amigo Hitzig comunica o noivado de Chamisso a Fouqué, que era o terceiro do círculo, está dito que Schlemihl agora não mais carece de sombra, mas que a possui triplamente: primeiro, a sombra da águia prussiana, que indulgentemente abre suas asas sobre ele; em segundo lugar, a sombra das árvores do Jardim Botânico, do qual ele — um talentoso príncipe das flores — se torna diretor; finalmente a terceira, a mais bela, a sombra que jurou nunca mais sair do seu lado. "Antonie — e não é preciso dizer mais nada". E o próprio Chamisso enviou a Fouqué, junto com um retrato de sua noiva, os seguintes versos:

Aquele a quem chamaram Schlemihl
Rico no encanto de suas sombras
De sua sombra concede-te agora,
Como punição, uma sombra.

É a velha e boa história. Werther se matou, mas Goethe continuou vivendo. Grotesco e orgulhoso, Schlemihl vai caminhando sem sombra por vales e montanhas, um estudioso da natureza "que vive para si próprio". Mas Chamisso, depois de ter feito um livro a partir de seus sofrimentos, apressa-se para sair da condição problemática de crisálida, torna-se sedentário, chefe de família, acadêmico, é respeitado como mestre. Só os eternos boêmios acham isso monótono. Não se pode permanecer interessante para sempre. Ou a pessoa se destrói à força de ser sempre interessante ou se torna um mestre. — Mas o *Peter Schlemihl* está entre as mais encantadoras obras juvenis da literatura alemã.

Thomas Mann
1911

Clássicos da literatura mundial na Estação Liberdade

Honoré de Balzac	A mulher de trinta anos
Honoré de Balzac	O pai Goriot
A. von Chamisso	A história maravilhosa de Peter Schlemihl
J.W. Goethe	Os sofrimentos do jovem Werther
Victor Hugo	O último dia de um condenado
Émile Zola	Thérèse Raquin

Próximos lançamentos

Honoré de Balzac	Ilusões perdidas
Honoré de Balzac	Tratado dos excitantes modernos
Stendhal (Henri Beyle)	Armance
Gustave Flaubert	Bouvard e Pécuchet

ESTE LIVRO FOI COMPOSTO EM GATINEAU
11,5 POR 15,2 E IMPRESSO SOBRE PAPEL
OFF-SET 90 g/m^2 NAS OFICINAS DA BARTIRA
GRÁFICA, SÃO BERNARDO DO CAMPO-SP,
EM ABRIL DE 2003